최승희. 사진 나코시 타즈오(名越辰雄)

崔承喜, 나의 자서전

崔承喜, 나의 자서전

최승희 지음

권상혁 옮김

청색종이

나코시 타츠오(名越辰雄), 《사진신보(写真新報)》, 1935. 12.

〈여신〉, 오카모토 히사오(岡本久雄), 『세계사진연감걸작집 1937』, 아르스, 1937.

여름 모드(夏のモード), 《슈후노토모(主婦之友)》, 1935. 7.

〈조선민요조〉, 《아사히그라프(アサヒグラフ)》, 1936. 1.

출처 불명(1935년 선데이마이니치 기자가 촬영한 것으로 추정)

영화 〈반도의 무희〉 촬영 장면. 도쿄닛케이신문 사진특보 부록, 1936. 4. 3.

《아사히카메라(アサヒカメラ)》, 1936. 1.

《보도사진(報道寫眞)》, 1941. 3.

서문을
대신하여

'자서전'을 끝내 쓰고 말았습니다. 사실 저는 아직 자서전을 쓸 마음의 준비가 되지 않았습니다. 제가 자서전을 쓸 정도의 입장도 아닌데 이렇게 책 한 권을 세상에 내놓게 되는 것이 굉장히 주제넘은 일이기도 하고, 무엇보다 부끄러워 제 반평생을 이야기하면서도 걸핏하면 주춤거려 글이 잘 써지지 않기 때문입니다.

저는 아직 자서전을 쓸 처지가 아니라는 것을 알고 있으며, 이것은 결코 변명이 아닙니다. 오히려 앞으로 다가올 날에 대한 희망이 제 안에서 불타오르고 있다는 것을 증명하는 말이기도 합니다.

저는 무용 예술이 가닿아야 하는 곳에 다다르지 못했을 뿐만 아니라 앞으로 더 많은 노력과 공부를 해야 합니다.

또한 스스로 갈고 닦으면서 나아가야 할 세계가 한없이 넓게 제 앞에 펼쳐져 있기도 합니다.

이렇게 광활하고 아득한 무용의 세계에 온몸을 부딪치며 가고자 하는 생각이 잠시라도 제 마음에서 멀어진 적이 없습니다. 제 온몸은 매일매일 이러한 마음으로 가득차 있습니다. 그런 이유로 자서전을 쓰겠다는 여유를 제 안에서 끌어낼 수가 없었습니다.

그러나 저는 제 반평생을 기록하게 되었고 이 기회에 저 자신의 과거를 뚜렷하게 되돌아보았습니다. 저는 제 과거를 이 책에 모두 묻겠다는 마음가짐으로 원고를 마칠 수 있었습니다. 그리고 내일부터 상쾌한 기분으로 새로운 생활을 목표로 삼아 활기차게 출발하려고 합니다.

1936년 10월

Sai Shoko

崔承喜, 나의 자서전

최승희 지음 권상혁 옮김

II

I

아버지

시골에 있는 상당한 자산가의 집안에서 태어난 아버지는 성격이 좋아 언제나 따뜻하게 저를 대하고 귀여워했습니다. 집안으로 말하자면 조선에서는 '양반'이라고 하지만, 일본의 계급으로 보면 정확히 '사족(士族)'과 '화족(華族)'[1]의 중간 계층으로 일종의 '오랜 전통이 있는 가문'이었습니다.

제가 태어난 곳은 경성이었지만, 아버지는 시골 토지를 그대로 다른 사람에게 맡겨 놓고 경성에서 생활했습니다. 이른바 '부재지주'[2]의 한 사람으로 어려서부터 어려움 없는 생활이 몸에 배었고, 경성에서 대단히 태평한 생활을 보냈습니다. 아버지는 술을 못 해서 아주 조금만 술을 마셔도 곧바로 취해 버렸으며, 한없이 넉넉한 마음이 될 정

---

1) 일본의 귀족 중 하나.
2) 부재지주(不在地主). 자신의 토지를 남에게 임대하고 타지에 거주하는 지주.

도로 술은 상당히 약한 사람이었습니다. 또한 분위기가 무르익어 가는 술자리에 취하는 버릇이 있어 젊은 시절부터 술자리를 아주 좋아했습니다.

이처럼 사람 좋은 아버지 덕분에 일상생활에 어려움이 없었던 제 유년 시절은 말 그대로 즐겁고 행복한 생활 자체였습니다. 형제가 있으나 그중에서 제가 가장 부모님의 사랑을 받았고, 늘 새털 이불에 감싸인 채로 아버지의 사랑과 어머니의 넘치는 온정을 고스란히 받으며 천진난만한 말괄량이로 자랐습니다. 그 시절을 생각하면 무엇보다 즐거운 추억의 연속입니다.

그러던 어느 날부터 밝고 환한 집안에 어두운 그림자가 드리워지는 듯한 일들이 때때로 일어났습니다. 왜냐하면 아버지가 집에 돌아오는 날이 점차 줄어들기 시작했기 때문입니다. 아버지가 돌아오지 않는 날이 이어질수록 쓸쓸해 보이는 어머니의 얼굴을 보면 어린 제 마음에도 뭔가 어둡고 애절한 그림자가 드리워지게 됐습니다. 그래도 아버지가 집에 오는 날이면 순식간에 집안이 다시 밝고 환한 기운으로 가득 차기도 했습니다.

아버지가 집에서 쉴 때, 아무 때고 상관없이 그다지 즐기지 않는 술잔을 입에 댈 때가 있습니다. 그때는 흥에 겨워 "승희야, 아버지가 춤추는 거 보여 줄까?"라고 말하기도 했습니다. 그리고 자주 제 앞에서 '굿거리장단 춤'을 추는 모습을 보여 주었습니다.

일본의 술자리에서는 연회가 점점 무르익어 가고 자리가 시끌벅적한 분위기로 넘쳐날 때가 되면 그 자리에 있던 사람들이 반드시 '갓포레'[3]를 추게 됩니다. '굿거리장단 춤'도 '갓포레'와 마찬가지로 조선에서는 술자리에 술잔이 돌고 취기가 올라올 때쯤이면 판에 박은 듯이 이 춤을 춥니다.

제 입으로 말하기가 계면쩍고 부끄럽지만 부잣집 도련님으로 자란 아버지는 상당한 미남이었습니다. 게다가 술자리를 무척이나 좋아하는 사람이었기 때문에 예술적 재능이 있었는지 '굿거리장단 춤'을 추는 모습은 아버지의 뛰어난 예술 감각 중 하나였을 듯합니다.

흥에 겨워 '굿거리장단 춤'을 추는 아버지를 즐겁게 바라보는 사이에 어린 저는 어느새 이 춤을 완전히 외워 버리

---

3) 에도 시대 말기 풍작을 기원하는 제사에서 행해지는 춤을 개칭한 것으로, 간닝 스님(願人坊主)이 거리에서 춤추어 유행한 춤. 보통 흥에 겨운 자리에서 추는 춤을 일컫는다.

게 됐습니다.

훗날 이시이 바쿠[4] 선생님의 작품 발표회에서 "직접 만든 작품을 하나 발표해 보지 않겠는가?"라는 말을 들었습니다. 공연을 하는 김에 지금은 사라져 버린 조선무용에 새로운 숨을 불어넣어 예술적으로 재탄생시키고 싶었습니다. 조선에서 태어난 무용가로서 제가 아니면 할 수 없는 새로운 예술을 창조하고 싶은 생각을 했습니다. 무엇보다도 앞서 이야기한 '굿거리장단 춤'은 현재에도 중요한 제 상연 목록(레퍼토리) 중 하나가 되었습니다. 그것은 결국 아버지가 추었던 '굿거리장단 춤'을 즐기며 바라보는 사이에 자연스럽게 익히게 된, 제 어린 시절의 기억으로부터 탄생한 것입니다.

당시 조선의 소학교[5] 제도에 성적이 좋은 학생은 1학년 또는 2학년을 월반할 수 있었습니다. 운이 좋았는지 소학

---

4) 이시이 바쿠(石井漠, 1886~1962). 일본의 무용가. 제국 가극(帝劇歌劇)·아사쿠사 오페라(浅草あさくさオペラ) 등을 거쳐 세계적으로 활약. 일본 신무용의 개척에 힘썼다. 대표작으로 〈명암(明暗)〉, 〈인간 석가(人間釈迦)〉 등이 있다. 최승희의 스승이다.

5) 지금의 초등학교.

교 시절 저는 성적이 좋아 월반을 할 수 있는 자격을 얻었고, 경성에 있는 숙명여학교에 입학할 수 있었습니다. 당시 반에서 가장 키가 작고 나이도 제일 어렸습니다.

그 때문이었을까요. 선생님들도 친구들도 저를 무척이나 귀여워했습니다. 매일매일 명랑하고 즐거웠던 기억만 남아 있습니다. 지금도 기억이 나지만 그 시절의 일들을 친구들은 자주 "승희는 잘 울기도 했지만 야무진 구석이 있었고 성격도 밝고 명랑했어."라고 말하기도 했습니다. 하지만 그런 행복한 날들이 언제까지나 계속되지는 않았습니다. 청천벽력처럼 한 집안의 경제적 파탄이라는 암운이 느닷없이 우리 집안을 뒤덮었고, 앞날에 막막한 검은 그림자가 드리워지기 시작했습니다.

부잣집 도련님으로 자라 사람 좋은 아버지는, 다른 사람의 계략에 빠져서 빚보증을 서거나 누군가의 간사한 계책으로 인해 토지 매매가 실패하면서 부모님에게 물려받은 재산을 완전히 잃어버리게 되었습니다. 어머니는,

"승희야, 우리 집에 큰 어려움이 닥쳤구나."라고 크게 한탄하기만 해서 저로서는 무슨 일이 일어났는지조차 알 수 없었습니다. 그 후로 우리 가족은 그야말로 가장 밑바닥,

완전한 가난으로 곤두박질치게 되었습니다. 그런 일들이 공교롭게도 제가 아직 여학교 1학년 때 일어났습니다.

어제와는 너무나도 달라진 생활의 급격한 변화, 이러한 상황에 쉽게 동요하는 소녀인 저에게 어두운 그림자가 비치는 것은 어쩔 수 없는 일이었습니다. 천진난만했던 소녀의 마음은 생활의 압박으로 인해 강한 충격을 받게 되었고, 인생과 사회 전반에 대해 깊이 생각하는 성격으로 변해 가는 계기가 되었습니다.

아버지가 사람이 너무 좋고 물러서 온 가족이 괴로운 일을 겪은 것이다, 라고 말해 버리면 아주 간단하게 생각될 일입니다. 하지만 결코 그런 간단한 생각만으로는 딱 잘라 말할 수 없는 당시 복잡한 사회 흐름이 있었습니다. 새로운 경제 기구가 유한(有閑), 유산(有産)의 낡은 생활을 근본부터 붕괴시켜 버리는 시대가, 그때 이미 우리 곁에 가까이 다가와 있었습니다. 이런 무서운 시대의 폭풍우 같은 날들로 인해, 우리 가족은 허무하게도 다른 계급 사람들과 다를 바 없이 함께 휘말려 버렸던 것입니다.

아버지와 어머니도 필사적이 되었고 저도 집안을 다시 일으키기 위해 노력했습니다. 하지만 결국 시대의 파도에 휩쓸리며 운명이라는 큰 힘에 저항하면 할수록 공연히 헛심만 쓴 결과가 되었습니다.

이런 처참한 생활의 격변은 여린 제 마음속에, '인간은 과연 무엇을 위해 태어난 것일까.', '생활이라는 것은 도대체 무엇일까.'라는 생각이 끓어 넘치게 하는 계기가 되었습니다. 그리고 불안과 공포라는 것이 나타나 제 눈앞을 검은색으로 마구 칠해 놓는 듯했습니다. 정말이지 앞날이 막막했습니다. 사방팔방 모르는 것 천지였던 저에게 이런 날들이 영원히 계속되는 건 아닌지 하는 생각이 들어 견딜 수 없었고 제 마음은 극단적으로 위축됐습니다.

그러나 절망의 바닥을 찍게 되면 반드시 그 바닥을 짚고 일어나려고 하는 오기가 생기게 된다는 말이 있지요. 생활이, 사회가 무서운 것이라는 생각을 하면 할수록 불가사의하게도 그에 반해 '아름다운 것', '정결한 것', '강한 것'을 동경하는 마음이 제 가슴속 깊은 곳에서 뿌리 깊게 자라나기 시작했습니다.

온 가족이 모든 걸 잃어 불행의 바닥에 던져진 상황에 엎친 데 덮친 격으로 저는 심한 열병을 앓았습니다. 불행이 겹치는 상황에 놓이고 3~4일이나 괴로운 열에 헐떡이며 시달렸던 일을 기억하고 있습니다. 열에 들떠 꿈인지 생시인지도 모르고 오로지 괴롭다고만 생각하며 생사의 경계를 넘나들었습니다.

그때가 마침 겨울이었습니다. 뼛속까지 추위가 스며든 방안에 초라한 갈색의 알전등에서 힘없는 빛이 아른거릴 때, 제 얼굴을 가만히 바라보고 있는 서늘한 시선에 기대게 되었습니다. 저는 그것이 마치 성모 마리아의 눈동자처럼 애틋하고 그리운 마음이 생겨 살짝 흥분되었고, 저도 모르게 그 눈동자 주인의 손을 꼭 잡았습니다. 상대편도 제 작은 손을 강하게 마주잡아 주었습니다. 저는 이제 병의 위기가 지나가 버렸다는 것을 직감했습니다.

그 서늘한 눈동자의 주인은 어머니에게는 괴로운 존재였을 것이 틀림없고 저에게도 얄미운 존재였는데, 무슨 이유에서인지 저에게는 언제나 상냥하고 친절하기만 한 아버지의 두 번째 부인이었습니다.

두 번째 부인은 이른바 '첩'이라고 하는 고정관념과는 전혀 다른 분위기였고, 출생이 천한 것도 아니었으며 우리 집안과 똑같은 신분의 양반 태생이었습니다. 그녀는 시집

가서 행복한 날들을 보냈지만 불행하게도 남편이 먼저 세상을 떠나게 되면서 기구한 삶을 살아가야만 했을 때, 아버지와 만나 두 번째 부인이 된 것입니다.

아버지의 파산 때문에 두 번째 부인의 평온한 날들에 대한 기대도 순식간에 산산이 부서지면서 우리 가족과 마찬가지로 시련과 고난을 마주해야만 했습니다. 그래서 일단 아버지와 헤어져, 다른 곳으로 시집을 가게 됐습니다. 그러나 우리 가족이 속절없이 가난한 삶의 나락으로 떨어졌는데도 불구하고 그녀는 변함없이 우리에게 상냥하고 따뜻한 마음으로 정성을 다했습니다. 현재는 새로 시집간 곳에서 원만한 가정생활을 보내고 있습니다. 그런 와중인데도 저를 절대 잊지 않고 제가 조선으로 공연을 오면 반드시 뭔가 선물을 갖고 옵니다. 또한 정이 넘치는 말과 함께 한결같이 따뜻한 마음으로 저를 포용해 주었습니다.

올해 봄(1936년)에 경성으로 왔을 때, 일부러 찾아와서 여성 정장 등을 선물로 주고, 저를 만날 때에는 친자식이라도 만나는 듯 그리움 가득한 얼굴이었습니다. 정말이지 그녀는 저에게 두 번째 어머니처럼 친근한 분입니다.

다행히 제 병도 그 후로 좋아져서 완쾌되었으나, 우리 가족의 곤궁함을 보고서는 여학교에 가는 것도 양심에 가책을 느껴 견딜 수 없었습니다. 그러나 부모님과 오빠의 격려에 힘입어 어떻게든 여학교만은 그만두지 않고 다니려는 강한 결심을 했기 때문에 저는 변함없이 여학교 학생생활을 무탈하게 이어나갈 수 있었습니다.

그러는 사이 여학교 3학년이 되었을 즈음에는 등록금도 제대로 낼 수 없을 정도로 상황이 악화되었습니다. 저는 마음속으로 몇 번이나 학교를 그만두려고 했는지 모릅니다. 그럴 때마다, '그건 네가 마음이 약한 탓이다. 약한 마음을 채찍질해서 변함없는 초심으로 이 상황을 뚫고 나갈 수 없다면, 지금부터 맞닥뜨리게 되는 그 어떤 일도 할 수 없는 것이 아닌가.'라는 생각을 하며 입술을 깨물었습니다. 저는 학교를 그만두고 싶은 마음이 생길 때마다 생활고에 허덕이는 아버지와 어머니를 봐도 못 본 척하며, 입술을 여며 물고 약해지는 마음을 다잡았습니다. 그 시절 제 마음을 생각하면 진심으로 눈물이 흘러 번져 갑니다.

어머니

지금도 어머니는 저를 생각하면 마치 갓난아기 때의 저를 보는 마음으로 사랑하고 귀여워해 줍니다. 무슨 일이 있으면 눈물부터 흘리면서 제 건강을 걱정하고 마음 써 줍니다. 이제 어엿한 사회인인 저를 언제나 아기 돌보듯 안아 주는 어머니입니다.

제가 어머니를 존경하고 사랑하는 마음은, 자연처럼 어쩌면 자연 너머의 그보다 크고 넓은 세상만큼 가늠할 수 없습니다. 그러나 어려운 때를 만나 고군분투하면서 어머니와 함께 손을 맞잡고 저도 모르게 눈물을 흘렸던 적이 한두 번이 아니었습니다.

이런 일이 있었습니다.

"승희야, 배추를 절여야 하니까 미안하지만 좀 도와주지 않을래?"라고 말하며 어머니는 시들고 보잘것없는 배추를 익숙하지 않은 손놀림으로 계속 씻어내고 있었습니다. 제가 바라보자 어머니가 바로 고개를 숙이더니 목이 메는 듯 결국 울어 버렸습니다. 그런 상황을 보면서 저는 우리 집의 어려운 상황을 느낄 수밖에 없었습니다. 눈물을 잘 흘리는 제가 어머니의 양손을 꼭 쥐고 소리 내어 엉엉 설움에 복받쳐 울었습니다. 어머니가 울고 있는 심정을 저는 충분히 이해하고도 남을 만큼 정확하게 알고 있었기 때문입니다.

조선에서는 배추가 부식물 중 제일 중요한 것으로 배추가 쌓인 높이가 높은지 낮은지에 따라서 그 집안 부의 크고 작은 것을 측량할 수 있고, 마을의 모든 사람에게 소문이 날 정도로 주요 관심사이기도 합니다. 2, 3년 전까지는 배추를 절이는 날이 오면 우리 집은 마치 잔칫날처럼 떠들썩해졌습니다. 들고나는 여자들이 십여 명이나 모여 와서는 산처럼 쌓인 배추를 씻어 내기도 했습니다. 그런 광경은 우리 집이 한창 번성하던 시기의 활기가 넘치는 모습이었습니다. 아이였던 저에게는 즐거웠던 날이었고, 자신의 부와 풍요로움에 대한 만족감을 느낄 수 있었던 아버지와 어머니도 기분이 좋아 보이는 날이었습니다.

그런 2, 3년 전의 생활과 반대로 올해 배추 절이는 날은 얼마나 쓸쓸하던지요. 무슨 일이 있어도 제게는 손에 물 묻히는 일은 절대 시키지 않았던 어머니가 더는 어쩌지 못하고 저에게 "배추를 좀 씻어주지 않을래?"라고 말하는 것이었습니다. 아니, 그렇게 말하고는 어찌할 바를 몰라 눈물만 흘리지 않겠습니까. 그런 어머니의 심정을 헤아릴수록 점점 더 흘러넘치는 눈물을 어떻게 멈출 방법이 없었습니다.

또 이런 슬픈 일도 있었습니다. 어느 날 아침에 잠에서 깨어 일어나 보니 언제인지도 모르게 아버지와 어머니 모두 저보다 일찍 일어나서는 벌써 식사도 마쳤다고 말했습니다.

"무슨 일 있어요?"라고 제가 묻자,

"아니, 아무 일도 없어. 요즘에는 나이가 들어서 그런지 눈이 일찍 떠져서 큰일이야."라고 아버지가 말했습니다. 저는 혼자서 죽을 먹고 학교에 갔습니다만 그다음 날도 그다음 다음 날도 같은 풍경이 매일 아침 반복되었습니다. 몇 날 며칠 그런 일들이 반복되는데도 의심하지 않고

멍하니 있을 정도로 저는 더 이상 어린아이가 아니었습니다. 아버지와 어머니가 저보다 훨씬 일찍 일어나서 식사를 마쳤다는 이유를 점점 정확하게 알게 됐습니다. 아버지와 어머니 모두 밥을 먹었다고 말했지만, 사실은 아침밥에 한 젓가락도 손을 대지 않았던 것입니다. 부모님은 세 번의 식사를 한 번으로 줄이고 굶주림을 참아 가면서까지 사랑스러운 딸은 배를 곯지 않게 했습니다. 딸의 건강하고 명랑한 얼굴을 보고 싶었던 것입니다. 그런 사실을 깨달았을 때 제 마음, -마치 뭔가로 정수리를 맞아 깨져 버린 것 같은- 어쩌지 못하는 쓸쓸한 마음에 허허롭기만 한 기분이었습니다.

교실에서 친구들과 함께 도시락 뚜껑을 열면 저 때문에 무리해서 식사를 거르고 저에게는 밥을 먹었다는 모습을 보인 아버지 얼굴, 어머니 얼굴이 떠올라 가슴이 답답해져 도시락이 조금도 목구멍으로 넘어가지 않았습니다. 그런 일은 한동안 이어졌습니다.

그 시절 어머니를 떠올리면 그런 가슴 아픈 감정과 그리운 마음으로 가슴이 부풀어오릅니다. 저는 부모님의 따뜻한 사랑을 충분히 받으면서 마음껏 응석 부리며 편안하게 유년 시절을 보냈고 특히 어머니에게는 그럴 수 없는 응석받이였습니다. 어머니도 제가 응석을 부리면 부릴수록 사랑스럽게 보였는지, 저에 대한 일이라면 어떤 일이라도 모두 들어줬습니다.

저는 무슨 이유에서인지 모르겠지만 어려서부터 몸을 주물러 주는 것을 굉장히 좋아했습니다. 이런 사실을 잘 알고 있는 어머니는 제가 놀다 지쳐 있거나 공부에 지쳐 있을 때면, 손이 바쁘지 않을 때는 언제라도 저를 품에 안고는 정성스럽게 주물러 주었습니다. 어머니의 따뜻한 애정이 담뿍 담긴 손으로 안마를 받았던 기억은, 슬픈 일과 참혹한 일이 많았던 제 청소년 시절의 가장 애틋하고 그리운 추억입니다.

어머니는 지금까지도 저를 어린 시절의 그 모습 그대로 생각하고 있습니다. 특히 어머니는 봉건적이고 엄격한 도덕적 생활 방식 속에서 자라왔으며, 완고한 도덕적 삶의 껍데기 속에 갇혀 그런 삶이 당연하다고 믿으며 살아왔습니다. 그런 어머니는 많은 사람이 보는 무대에서 제가 반라의 상태로 춤추는 모습을 보고 상당히 굴욕을 느끼며 부끄러운 일이라고 생각했습니다.

그럼에도 불구하고 제가 무용 공연을 경성에서 개최하면, 열 일을 제쳐두고 제가 서는 무대로 달려와 주었습니다.

"그렇게 몸을 움직이면 많이 힘들지? 아이고, 불쌍한 내 새끼."라고 눈에 눈물이 그렁그렁해서는 제 몸을 열심히 주물러 주었습니다.

나이든 어머니에게 이런 말을 들으며 어머니가 정성스럽게 제 몸을 주물러 주면 모든 괴로운 일들을 잊게 됩니다. 그리고 청소년 시절의 그립고 애잔한 추억이 제 가슴을 밀어 올리는 것 같아 생기 넘치는 모습으로 바뀌게 됩니다. 그 시절 제 가슴속에는 도저히 말이나 문장으로 표현할 수 없는 복잡하고 절박한 마음이 있었습니다.

어머니는 지금까지도 제가 성공했다고 여기지 않습니다. 정말로 불쌍한 딸이라고만 생각하고 있습니다. 그건 아주 오래전부터 뿌리내린 생각으로 단시간에 무너뜨릴 수 없고, 아마도 마지막까지 결코 버릴 수 없는 고정관념이라고 생각합니다. 이에 대한 것은 뒤에서 다시 언급할지도 모르겠지만, 제가 무용가로 살겠다고 결심한 시기부터 이야기를 시작하지 않으면 여러분들이 정확하게 이해하기 어려울 듯합니다.

여학교 생활과 괴로운 집안일들 모두 참고 견디면서 지내 온 저는 등록금을 내기도 어려운 상황이었습니다. 다행히 저는 성적이 좋은 편이기도 했고, 성 선생님과 김 선생님 그리고 일본에서 오셔서 가르쳐 주신 야마모토 선생님 등 여러 선생님의 육친에 가까운 보살핌과 배려로 무사히 여학교를 졸업할 수 있었습니다.

동급생 중에서 가장 나이가 어렸던 저는 여학교를 졸업할 때, 다른 동급생보다 2, 3살이나 어린 겨우 열다섯 살이었습니다.

물론 그때는 무용가가 될 거라는 생각은 조금도 하지 않았고, 무용의 '무' 자도 몰랐으며 오히려 무용이라는 것은 천박한 여자들이나 하는 것이라는 정도밖에 몰랐던 시절이었습니다. 여학교에서 좋아하면서도 잘했던 것은 '창가(唱歌)'였습니다. 선생님도 비교적 잘한다고 인정해 주기도 했고 꽤 기운을 북돋아 주면서,

"승희는 무조건 음악 학교에 가야 해. 음악가로서 훌륭하게 성장하고 성공했으면 좋겠어."라고 말하며 격려해 주었습니다. 하지만 가난한 처지인 저는 음악가가 된다는 밝고

기운찬 희망이 도저히 생기지 않았습니다. 오히려 그런 희망을 품는 것조차 뭔가 허무하다는 생각에 견딜 수 없었습니다.

그렇다고 해서, 운명의 장난처럼 생활고라는 파도에 휩쓸린 채로, 제가 의욕을 잃고 완전히 포기해 버리거나 그저 의미 없이 약해빠지기만 한 여자는 아니었습니다. 오히려 운명의 장난이 촉수를 뻗치며 저를 때려눕히고 완전히 으깨 버리려고 하면 할수록, 저는 강하게 반발하며 오기 어린 마음을 먹게 되었습니다.

이제 와서 돌아보면 그 시절 괴롭고 슬프고 몹시 힘든 생활은 결국 제가 맞닥뜨린 첫 번째 시련이었다고 생각합니다. 누구에게나 '울보'라고 일컬어지던 저였지만, '누가 뭐라고 해도 좋다, 어떻게 해서든 내 힘으로 우리 집을 다시 일으키고 싶다, 나이가 들어 기력을 잃은 아버지와 어머니의 여생을, 할 수 있는 한 모든 힘을 다해 즐겁고 편안하게 해 드리고 싶다.' 제 마음은 단호하게 이런 결심을 했습니다.

이런 제 마음가짐을 잘 알고 있던 어머니는 훗날 무용에 뜻을 둔 저에게 오로지 다음과 같은 마음뿐이었습니다.

'당신들 일가를 위해서, 당신들 생활을 위해서 딸이 살아가며 희생을 하게 된 것이다, 견디기 힘든 부끄러움을 참아가며 사람들 앞에서 반라가 되거나 격렬하게 사지를 움직이면서, 몸을 파는 여자가 아니고서는 절대로 해서는 안되는 춤 같은 천한 것을 많은 사람 눈앞에서 보이는 것이다, 좋은 시절을 만났다면 결코 사랑스럽고 귀한 딸에게 그런 싫은 흉내를 내는 일은 시키지 않았을 텐데……'

자식을 생각하는 마음만으로 차고 넘치는 어머니의 부모 마음은 무용 예술을 향한 굳은 결심으로 무대에 서는 제 마음, ―예술적인 희열이라고 하는 것― 그 이상을 살피고 이해하며 알아주는 것은 아무래도 무리였습니다.

아버지와 어머니, 주위 사람들의 강경한 반대에도 불구하고 일본행을 강행해 드디어 제가 이시이 바쿠 선생님 문하생으로 도쿄를 향해 경성에서 떠나려고 했을 때의 일입니다. 지금도 제게는 그때 어머니의 모습이 평생 잊으려야 잊을 수 없을 정도로 인상 깊이 남아 있습니다.

출발이 결정된 그날, 저는 어머니에게 이별의 말씀을 올렸으나 어머니가 경성역까지 배웅해 주겠다고 하는 것만큼은 거절하고 싶었습니다. 더 이상 어머니를 슬프게 하고 싶지 않았고 가슴 찢어지는 기억을 남기고 싶지 않은 저에게는 견딜 수 없이 괴로운 일이었습니다. 또한 어머니의 눈물로 제 결심이 틀림없이 무뎌지고 말 거라는 것을 저는 잘 알고 있었기 때문입니다.

그래서 제가 "어머니가 바래다주시면 괜히 울고 싶어질 테니까 역에는 오지 마세요……."라고 부탁하자 어머니도 "그래, 나도 역까지는 배웅하러 꼭 가고 싶지만…… 울면서 돌아올 것이 분명하고 다른 방도가 없으니 그럼 그렇게 하는 걸로 하고 이해해 주렴."이라며 배웅은 단념했으나 하고 싶은 말을 다하지 못한 듯 다시 눈물로 목이 멘 어머니는 얼굴을 소맷자락에 묻어 버렸습니다.

'이 슬픔, 이 괴로움, 이것도 어머니를 위해서 우리 집을 위해서 그리고 저 자신을 위해서예요. 꼭 제가 성공한 모습을 보여 드릴게요. 아무리 괴로운 일이 있더라도, 아무리 견디기 힘든 일을 만난다고 해도 반드시 참고 이겨내 성공하겠습니다. 그때까지 버텨 볼 거예요. 어머니, 잠시 잠깐의 제 불효를 눈감아 주시고 용서해 주세요.'라고 저는 마음속으로 굳고 강하게 결심했습니다.

몇 명인가 친한 사람들과 선배들 그리고 선생님에게 배웅을 받으니 제가 탄 기차의 출발 시간이 다가왔습니다.

"승희야, 잘 지내야 해, 건강하게 지내야 해, 잘 지내야 한다."라는 몇몇 목소리를 들었을 때 기차는 경성역 플랫폼에서 움직이기 시작했습니다.

그때였습니다. 플랫폼 저편에서 심상치 않게 술렁거리는 소리가 들려오고 제 이름을 부르면서 달려오는 두세 명의 사람들 속에 틀림없이 제게 가장 소중한 어머니가 있는 것이 아니겠습니까. 그것은 확실한 어머니의 얼굴, 어머니의 모습, 저에게 하늘과 땅으로도 바꿀 수 없는 어머니의 얼굴, 어머니의 모습이었습니다.

"어머니, 다녀오겠습니다!"

저는 정신없이 외쳤습니다. '어머니, 괜찮아요?'라는 눈길로 바라보자 어머니는 복받쳐 말도 제대로 나오지 않는 것인지, 희미하게 입가가 굳어 떨리고 이윽고 그 눈에는 한가득 눈물이 고여,

"승희야 잘 다녀오거라…… 건강하게 잘 지내야 한다……."라고 말했습니다.

그때의 어머니 얼굴을 저는 그 후로 한시도 잊을 수 없

었습니다. 엄청난 고통, 견디기 힘든 괴로움과 맞닥뜨렸을 때, 그때는 반드시 그 순간의 어머니 얼굴이 제 마음을 찰싹찰싹 채찍질하며 격려해 주었습니다. 저는 앞으로도 결코 그 얼굴을 잊을 수 없겠지요.

이건 나중에 들어 알게 된 사실입니다. 이날, 어머니는 제 진심 어린 결정에 마음을 접고 제가 도쿄에 가서 무용가가 되는 것을 겨우 허락했습니다. 그리고 저와 작별의 말을 나누며 역까지는 배웅하러 가지 않을 것을 약속했습니다. 하지만 막상 사랑하는 딸을 떠나보내야 한다는 사실을 확실하게 알았을 때, 아무리 생각해도 애처로워 참을 수 없게 된 듯합니다. 비록 지금은 기울고 쇠한 가난한 집안으로 전락했다고 해도, 적어도 유서 깊은 양반의 집안에서 귀한 딸을 부끄럽게 여겨야 할 춤꾼 따위로 만들어야만 하나라는 생각에 이르자, 애가 타 가만히 앉아 있을 수가 없었던 듯합니다. 그리고 여학교 시절의 선생님에게 저를 데리고 가서 할 수 있다면 다시 한번 딸을 설득해서 도쿄행을 -무용가 지원- 단념하게 하자, 라는 마음으로 허둥지둥 가져올 것도 가져오지 못하고 역 앞까지 달려왔다고 했습니다.

그러나 기차 창밖으로 내민 희망에 부풀어 생기가 도는 제 얼굴을 본 순간, 어머니는 직감적으로 제 굳은 결심을 알아차리고 단념하게 되었다고 했습니다.

어머니 사랑의 깊이, 그것은 도저히 말로 다할 수 없을 정도로 깊다는 것을 새삼스러운 말 같지만 저는 다시금 절절하게 깨닫고 있습니다.

오빠

저는 다행히 따뜻한 애정을 깊이 품고 있는 아버지와 어머니가 있었습니다. 그러나 만약 제게 오빠가 없었다면 제 현재 생활이 행복했을지 불행했을지 그건 물론 모르는 일이겠으나, 아마도 무용가는 되지 못했을 거라고 생각합니다. 저에게 정신적인 자양분이 됐을 뿐만 아니라, 제가 가야 할 길을 지도하며 끊임없이 생활 전반에 대해 격려를 하고 큰 힘이 되어 준 사람은 착한 오빠였습니다. 제게 오빠는 제2의 아버지였으며 존경하는 존재이고 더할 나위 없는 광명(光明) 그 자체였습니다.

앞서 이야기한 것처럼 여학교 등록금조차도 툭하면 밀리게 되기 시작한 것은 3학년 즈음이었습니다. 한 집안의 가난과 고통을 보다 못해 더욱더 학교를 그만둘까라고 생각한 것이 몇 번이나 있었는지 몰랐습니다. 그러나 여러 선생님의 자상하고 배려심 깊은 조처로 등록금 면제라고 하는 파격적인 대우를 받았고 선생님들이 학용품까지 사 주었습니다. 가난하고 부족한 것이 많았던 생활에서도 이런 주위 분들의 온정에 힘입어 저는 우수한 성적으로 훌륭하게 여학교를 졸업할 수 있었습니다.

찢어지고 더러운 옷, 구멍이 난 구두, 그런 궁상스러운 모습으로 1년 365일 여학교를 다녔던 제 모습, 이제 와서 생각해 보면 그저 그리운 마음이 일어날 뿐이지만 그때는 정말 너무 슬프고 무상한 마음이 든 나날들이었습니다.

그 시절 집안 형편은 불가항력의 기세에 눌리며 나날이 바닥으로 곤두박질치기만 했습니다. 아버지의 수입은 거의 없다고 해도 될 정도였습니다. 단지 수입이라고 하면 마침 도쿄에 간 승일이 오빠가 일본에 있는 대학을 졸업하고 돌아와서 소설 등을 경성의 신문이랑 잡지에 발표해 받은 아주 적은 원고료가 전부였을 뿐이었습니다. 그것도 정확히 말하자면, 한 달에 10엔[6] 들어올까 말까 한 불안한

─────────

6) 현재 가치로 약 60,000원 정도의 돈이다.

것이었습니다. 또한 전혀 넉넉한 상황이 아니었으나 오빠로서는 만사 제쳐두고라도 보살피고 싶은, 아니 보살펴야만 하는 아내와 자식이 있었습니다. 저는 이 정도의 수입으로 앞으로 어떻게 되는 건지, 얼마나 슬프고 심한 일들을 당하며 살게 될지 모른다고 생각했습니다.

그러나 오빠는 건강했습니다. 가난 때문에 순수한 열정을 내팽개치거나 열정을 꺾거나 하는 남자가 아니었습니다.

항상 오빠는 진보적인 지식인이며 문학 운동에서 한 사람의 투사로서 경성에서 신극 방면으로 활동하고 있었고, 또한 소설 등도 왕성하게 집필하고 있었습니다. 저도 모르는 사이에 이런 오빠에게 상당히 강한 영향을 받았습니다. 저에 대한 오빠의 깊은 애정과 기운 넘치는 지도는, 가족의 생활고로 고통스러운 날을 보내고 있던 저에게 얼마나 큰 힘이 되었는지 달리 표현할 길이 없습니다. 그리고 가장 중요한 것은, 어떠한 고통과 시련이 반복되어 덮치더라도 그것을 견뎌내고 극복해야 한다는 소중한 각오를 오빠 스스로 제게 보여준 것이기도 했습니다.

그러한 오빠의 영향을 받은 저는 들뜬 생활을 하는 대신 시와 소설을 마치 탐하듯이 읽었습니다. 하지만 시나 소설의 달콤한 꿈처럼 은밀하고 얕은 이야기와 덧없는 내용은 제 마음에 그 어떤 울림이나 감동도 주지 못했습니다. 현실 속에서 힘차게 살아가며 생활 의식을 깊이 뿌리내린 작품을 구해서 애독했습니다. 이시카와 다쿠보쿠[7]의 시와 노래에 빠져서 열심히 읽었습니다. 그 시절의 일을 생각해 보면 서서히 그립고 애틋한 마음이 가슴 가득 복받쳐 옵니다.

이제 와서 생각해 보면 그때의 제 생활과 사고방식 그리고 감정들이, 결국 제 인간적 밑바탕을 만들어 간 것은 아닌가 하고 생각합니다. 또한 동시에 현재 제 무용의 근저에 흐르는 것도, 그때 형태가 형성된 사회관과 예술관으로 태어난 것은 아닐까, 그 시절 생활에서 느낀 여러 감정이 제 가슴에 아로새겨지며 제 예술의 발전으로 이어진 것은 아니었을까, 최근에는 이런 식의 생각을 강하게 하고 있습니다.

---

7) 이시카와 다쿠보쿠(石川啄木, 1886~1912). 일본의 가인(歌人)이자 시인, 문학평론가. 그는 일제의 조선 침략에 대해 비판적인 시 「9월 밤의 불평(九月の夜の不平)」을 쓴 반제국주의자였다. 시인 백석이 이시카와 다쿠보쿠를 흠모해서 그의 이름 맨 앞자를 자신의 필명으로 사용했다고 알려져 있다. 스무 살에 첫 시집 『동경』을 발표한 천재 시인이었으며, 스물여섯 살에 요절했다. 현재까지도 일본 최고의 시인으로 꼽히고 있다.

지금은 위와 같은 생각도 해 보지만, 여학교 시절에 저는 무용가가 되리라고는 조금도 염두에 두지 않았습니다.

이야기가 앞으로 돌아갑니다만, 여학교를 나오기는 나왔으나 이제부터 어떻게 하면 좋을지 저로서는 전혀 짐작되지 않았습니다. 그러나 마음속으로는 어떻게 해서든 취직을 하자고 생각했습니다. 그리고 우리 집안 생계에 조금이라도 도움이 돼야 한다는 결심은 하고 있었습니다. 다행히 여학교 졸업 성적은 우등이었고, 그중에서도 창가(唱歌)가 조금 더 우수했습니다. 학교에서 무슨 대회가 있을 때는 반드시 정해진 순서처럼 저에게 독창을 시켰습니다. 그러나 창가를 조금 잘 부른다고 해서 장래 음악가가 되려고하는 꿈은 갖지 않았습니다.

하지만 음악을 가르쳐 주신 김 선생님과 그 외의 선생님들이 저에게 아주 큰 힘이 되어 주셨고 또한 모교의 교원회의에서 결정되었기 때문에,

"승희야, 너 음악 학교에 입학해서 음악가가 될 마음은 없니? 학교에서는 너를 장학생 자격으로 음악 학교에 입학시켜 준다고 하는데……."라고 선생님에게 들었을 때는 당연히 어린 제 마음은 두근거렸습니다. 그러나 그런 기쁨

은 아주 잠깐뿐이었습니다. 여학교를 조기 졸업한 저는 어린 나이 때문에 도쿄 음악 학교에 입학할 자격이 되지 않았습니다. 어쩔 수 없이 열여섯 살이 되는, 봄이 오는 날을 기다리게 되었습니다.

"그만하면 괜찮은 거 아니겠느냐. 지금까지도 어떻게든 잘 견디며 살아왔으니 말이다. 앞으로 1년이나 2년 정도 기다리는 것은 아무것도 아니란다. 기다려 보면 어떻겠느냐?"

어려서부터 음악을 대단히 좋아한 저를 잘 알고 있는 아버지와 어머니도 장학생 자격으로 음악 학교에 입학이 허락된 것을 듣고 대단히 기뻐하며 1, 2년의 어려움을 참고 견디라고 말씀했습니다.

하지만, 저는 그때 이미 우리 집안의 경제적인 사정이 어떤 상태인지 아주 정확하게 잘 알고 있었습니다. 이 이상 빈둥빈둥하며 아버지와 어머니, 그리고 오빠에게 무거운 짐이 되고 싶지는 않았습니다.

음악 학교 입학, 그리고 음악가로서 화려한 무대에 서서…… 그런 멋진 꿈에 취해 있기에는 현실이라는 것이 어떤 것인지 저는 너무 잘 알고 있었습니다. 그보다는 제가 급히 해야 하는 것이 있었습니다. 스스로 발로 뛰어 직업을 구하고, 얼마가 되든 집안의 부담을 덜어 도움이 되자, 라는 생각이었습니다. 그렇게 해야 한다고, 그렇게 하지 않으면 이처럼 제게 사랑을 쏟아 준 아버지와 어머니의 은혜를 갚을 길이 없다는 생각이 제 마음속에 가득 차 있었습니다.

선생님들의 분에 넘치는 호의는 가슴을 울렸지만, 위와 같은 마음으로 인해 저는 굳게 결심하고 음악 학교 입학을 단념했습니다. 그렇다면 어떤 직업을 찾으면 좋은 것인가, 어떤 직업이 있는 것인가, 라는 생각까지 미치게 됐고 다시 갈피를 못 잡게 됐습니다. 그 당시에는 아직 백화점 판매 직원이라든가 사무원 같은, 여성이 하는 일은 거의 없던 시절이었습니다. 그렇다고 해서 여학교를 나온 제가 15엔이나 20엔 정도의 월급을 받는 급사(사환)가 되는 것도 할 수 없는 일이었습니다. 여러 가지 골똘히 생각한 끝에 드디어 생각해 낸 직업이 소학교 교원이 되자는 방법이었습니다. 즉, 사범과 시험을 봐서 교원이 되어 열심히 일하자, 라는 마음을 먹게 되었습니다.

그래서 곧바로 시험 준비에 돌입해 사범과 시험을 치렀습니다. 시험은 그렇게 어렵지 않아 은근히 자신도 있어 생각대로 합격했습니다.

"아, 참 잘 됐구나. 잘 참고 견뎌 내더니 이제 너도 어엿한 교원이 될 수 있는 것이로구나. 제대로 한번 잘해 보는 거다."라고 말씀하는 어머니에게 용기를 얻었습니다. 저도 합격했기 때문에 '아, 안심이다.'라고 생각했지만, 이 기쁨도 역시 쓸데없는 기쁨이었습니다.

결국은 최종 불합격하게 됐습니다. 음악 학교 입학 문제와 똑같은 이유로 나이가 너무 어리다는 확실한 이유, 단지 그 이유 하나로 면접시험 때 불합격 처리된 것입니다. 그때의 억울하고 분한 마음, 슬픔으로 저는 온종일 울었습니다.

그러고 나서 며칠이 지나지 않았을 때 또다시 제가 쓸데없는 시간을 보내는 날이 왔습니다. 여러 가지로 방황한 끝에 가을에는 이런 것까지 생각했습니다. 아무에게도 말하지 말고 오로지 혼자 도쿄에 가서, 누군가 신뢰할 만하고 존경받는 음악가를 찾아가 그 마음에 간곡히 호소해 음악가로서 끝까지 해내 성공해 보자, 라고. 반드시 성공하리라, 라고. 그런 공상에 물든 생각을 하다 보니 어느 때는 공상을 현실로 착각하며 집에서 도망치려고까지 한 적이 있었습니다. 그런 마음에 쫓길 정도로 저는 불안정했고, 거세게 흔들리는 파도에 휩쓸려 버리는 것처럼 '초조' 그 자체의 마음 상태가 되었습니다.

그런 불안하고 애타는 날을 보내고 있는 사이에 제 운명을 확실하게 결정한 동기가 홀연히, 정말로 느닷없이 눈앞에 나타났습니다. 제 운명의 지침을 바꿔 놓은 '동기'를 제공한 것은, 그리고 그 동기를 향해 나아가며 제 우유부단한 마음에 채찍질을 해 준 것은 ―그것은 매일매일, 가난한 가정 형편 속에서도 사랑하는 아내에게까지 아무 말도 하지 않고, 조용히 저를 걱정해 주면서 책 등을 사다 주며 바른길로 이끌어 가는 데 마음을 다해 준 승일이 오빠였습니다.― 제 일생에서 잊으려 해도 도저히 잊을 수 없는, 제 운명을 결정한 사건이 일어났습니다. 잊지도 못하는 그날은 대정(大正) 15년(1926년) 4월이었습니다.

세상 돌아가는 일에는 극히 어두웠던 제게도 어렴풋이 그 명성을 들어 알고 있던 이시이 바쿠 선생님이, 처음으로 무용단 일행과 함께 경성에 방문해 발표회를 개최한다는 것이었습니다. 어느 날 〈경성일보〉에 이시이 선생님의 무용 연구생 모집 광고 기사가 게재되어 있었습니다. 저는 처음에는 별반 마음에 두지 않았습니다.

그러나 오빠가 제게 와서,

"승희야, 너 무용가 될 마음은 없어?"라고 갑자기 물었습니다.

"무용가 같은 거, 나 싫어해."

"그런 게 어디 있어? 너는 무용 예술이라는 것을 이해하지 못해서 그런 말을 하는 거야."

"싫다니까, 무용가 같은 거……."

"아니, 그렇지 않아. 오빠는 네가 무용가로서 앞으로 나아가는 것이 가장 적합하다고 생각해. 너는 음악도 좋아하고 실력도 뛰어나잖아. 게다가 체육 무용이라는 것도 아주 잘했다고 하지 않았어?"

"그래도 싫다니까."

"바로 이거야! 이게 너한테 온 기회인 거야."

흥분해서 오빠가 내민 것은 〈경성일보〉의 이시이 바쿠 무용 연구소 연구생 모집 광고 기사였습니다.

저는 솔직히 무용에 대해 전혀 이해하지 못했습니다. 무용이라는 것은 대체로 천박한 것, 이라는 사고방식을 갖고 있었습니다. 그도 그럴 것이 무용다운 무용이라는 것을 아직 본 적이 없었습니다. 무용이라고 하면 기생이 추는 춤밖에 생각이 나지 않고, 서양무용이라든가 뭐라던가 해도 어쨌든 간에 같은 종류의 춤이라고밖에 생각하지 못했고, 우리의 삶과는 아무런 인연이 없는 것에 불과하다는 정도밖에 몰랐습니다. 그러니 제가 무용이라는 말에 대해 털끝만큼의 매력도 느낄 수 없다고 한들 전혀 무리가 아니었습니다.

반대로 오빠는 도쿄에서 유학하며 자주 무용 예술의 매력을 느끼고 있었고, 특히 이시이 선생님의 무용에 대해서는 더욱 열정적인 팬이었습니다. 저를 위한 일이라면 할 수 있는 모든 일을 하는 오빠는, 이시이 선생님의 예술에 대해 오빠가 품고 있던 동경과 열정을 어떻게 해서든지 제 머릿속에 부어 넣어 주고 싶어 안달이 났을 것입니다.

"너는 아직 무용 예술이 지닌 귀한 사명을 이해하지 못한 거야. 아니, 이해하지 못한다기보다는 모르는 거지. 어쨌든 한번 보고 오지 않을래? 보고 나서 이번 연구생 모집에 원서를 낼 것인지 말 것인지 결정하는 게 어떻겠어?"

"그럴 수도 있겠다. 그럼, 나, 한번 갔다 와 볼게."

"그렇게 하자. 오빠는 무슨 일이 있어도 네가 반드시 무용의 길로 힘차게 나아가 봤으면 한다. 너는 신체 조건도 좋고……, 이 기회에 한번 데려가 줄 테니까 잘 보고 오는 거다."

그렇게 말하고 오빠는 저를 경성에 있는 공회당(公會堂)으로 데리고 갔습니다. 거기에서 그 밤, 이시이 바쿠 선생님이 인솔하는 무용단의 작품 발표회가 화려하게 개최되었습니다.

저는 무용은 천박하고 저질이라는 편견에 사로잡혀 있었습니다. 그러나 오빠의 말이 있기도 해 열심히 무용을 보고 있는 사이, 어느새 무용의 강력한 매력에 흠뻑 빠져 제 온몸이 옴짝달싹할 수 없게 되는 경험을 했습니다.

아직 제대로 된 무용의 매력을 이해하는 것에는 어떤 소양도 어떤 힘도 없던 저였습니다. 예술미 넘치는 선생님의 무용을 계속 지켜보면서 지금까지 전혀 본 적도 들은 적도 없이 모르고 지냈던, 새롭고 반짝반짝 빛나기만 하는 시(詩)의 세계를 태어나 처음으로 발견한 것 같은 큰 희열을 느꼈습니다. 물의 흐름처럼 아름답게 그려내는 육체의 선과 율동, 즐거우면서도 꿈 같은 멜로디의 울림, 당연하게도 저는 그로 인해 취한 듯 꿈을 꾸는 것 같은 세계로 이끌려 들어갔습니다. 그러나 그런 것에 현혹됐다고 하기보다도, 예를 들면 이시이 선생님의 유명한 작품 〈사로잡힌 사람〉, 〈멜랑콜리〉 그리고 〈솔베이지의 노래〉와 같은 무용처럼 그 기저에 흐르고 있는 힘 있는 정신이, 더욱 강력하게 제 작은 가슴속 깊은 곳에서 왕성한 기운으로 숨어 있던 영혼을 불러일으켰습니다. 그리고 한없이 공감하게 했습니다.

선생님의 이와 같은 무용의 강력한 힘이 제 마음속 깊은 곳에 간직한 '진심'을 건드린 것입니다.

저는 그때 처음으로 조금 전 오빠의 말 '무용가로서 살아보지 않겠어?'라는 권유를 떠올렸습니다.

"이거다! 이것이 지금까지 애면글면하며 모르는 사이, 내가 갈구하기를 멈추지 않았던 것이다. 내가 가야 할 길은 이 길 말고 다른 길은 없다!"

명백하고도 정확하게 저는 위와 같이 깨달았습니다.

'이제부터 한마음으로 무용 예술의 완성을 목표로 공부하고, 무용으로 나 자신의 마음을 표현해 보고 싶다……'라는 격렬한 욕망이 마구 끓어올랐습니다.

제가 무용가가 되려고 굳게 결심한 가장 주요한 동기는

이것이었습니다. 만약 제게 오빠가 없었다면, 그리고 이시이 선생님이 경성에 오지 않았다면, 저는 무용가가 되겠다는 생각은 하지 않았을 것이고 되려고도 하지 않았겠지요.

그러나 어찌되었든, 저는 이미 제 운명의 주사위를 던진 것이었습니다.

무용으로의 출발

　이시이 선생님 무용회에서 돌아오는 길에 오빠는 저에게 여러 가지 무용 예술에 관한 이야기를 했습니다.

　"승희야, 오늘 무용회 어땠어?"

　"엄청 좋았어. 나, 무용해 보고 싶어졌어."

　"그래? 그럼, 연구생에 한번 도전해 보는 건 어때?"

　"하지만, 어머니가 엄청나게 반대하시지 않을까?"

　"그런 건 상관 말고 오빠가 잘 말씀드릴 테니까. 우선은 이시이 선생님을 만나 봐야겠지?"

　오빠가 재촉하는 바람에 저는 이시이 선생님이 머무는 숙소로 방문하게 됐습니다. 선생님은 생글생글 미소 지으면서 쾌활하게 저를 맞이해 주었습니다. 선생님과 선생님의 매니저도 만났습니다. 그 자리에서 제가 왜 무용가가 되고 싶은지, 얼마나 무용 예술이라는 것이 귀하고 소중한 것인지에 대해 제가 생각하고 있는 것을 말씀드리자, 다행히도 연구생 입문을 허락해 주었습니다. 그 순간에 저는 정말 기뻐서 하늘을 나는 듯한 기분이 됐습니다.

선생님은 대단히 만족한 모습이었으나 여행 일정에 따라 바로 다음 날 경성을 떠나야 했습니다.

"어떤가? 바로 올 수 있겠어? 내일, 우리는 여기를 떠나야 하는데, 자네도 함께 데려가 줄게."

이시이 선생님은 이렇게 말씀했습니다. 기쁨에 넘쳐 앞뒤 사정을 까맣게 잊어버린 저는 곧바로,

"네, 바로, 함께 따라나서겠습니다."라고 대답했습니다.

저는 그 길로 뛰듯이 집에 돌아왔습니다. 마침 집에는 아버지가 있었기 때문에,

"아버지, 부탁드릴 말씀이 있어요……."

"얘야, 부탁할 게 무엇이냐? 응? 부탁이라는 게 뭐야?"

입술을 달싹이는 저를 보고 아버지는 반복해서 물어왔습니다. 아버지는 언제나 편안하고 기분 좋게 상대를 대하는 사람이었습니다.

"저, 무용가가 되고 싶어요. 이시이 선생님의 연구생이 되어 도쿄에서 착실하게 공부해, 훌륭한 무용가가 되겠다

고 마음먹었어요."

아마도 눈가에 눈물이 고인 채로, 간절한 표정을 짓고 있는 제 갑작스러운 부탁을 듣고, 아버지는 침묵했습니다. 아버지는 분명 제 말을 충분히 이해해 주고도 남을 거라고 생각했습니다. 그리고 흔쾌히 허락해 줄 거라고만 생각했습니다. 하지만 안타깝게도 그건 완전히 저 혼자만의 생각일 뿐이라는 것을 알게 됐습니다. 이윽고 아버지는,

"무용 같은 거, 기생이나 하는 거 아니더냐? 안 된다. 그런 걸 너한테 시킬 거라고 생각했느냐? 무엇보다 세상 사람들 앞에 이 아버지 체면이 어떻게 되겠느냐?"라고 아버지는 제가 아무리 애원해도 제 애절한 부탁을 들으려고도 하지 않았습니다. 상냥한 아버지가 이렇게까지 완고하게 반대하는 모습을 보자, 이건 도저히 저 혼자의 힘으로는 설득할 수 없는 일이라고 생각했습니다. 이렇게 된 이상 우선은 이시이 선생님에게 부탁을 드려, 매니저 쪽에서 먼저 아버지를 조금씩 설득해 달라고 부탁드릴 결심을 했습니다. 그래서 매니저분에게 이러한 사정을 말하니 흔쾌히 받아들여, 입에서 단내가 날 정도로 아버지를 설득했습니다. 꼼짝하지 않을 거 같은 아버지도, 제 굳은 결의와 무

용이라는 것에 대한 사회적 지위가 결코 지금까지 조선에서 생각된 것처럼 천박한 것이 아니라는 것을 깨닫고 겨우 승낙했습니다. 하지만 어머니는 그저 눈물을 흘리며 울기만 할 뿐이었습니다.

"어머니, 저를 좀 봐요. 3년 동안만 수업을 받으면 돼요. 도쿄로 보내 주세요."

"가지 말아다오. 너를 멀리 보내는 것만큼은 절대로 못한다."라고 말한 어머니는 그저 눈물을 흘리며 애처로운 얼굴로 저를 바라보면서 눈으로 애원했습니다.

아버지의 반대에는 견딜 수 있었습니다. 왜냐하면 그건 무용에 대해 완전히 무지하며 전혀 이해하지 못하는 데서 비롯된 것이고, 더구나 그런 아버지의 무지한 생각을 저는 충분히 이해했기 때문에 흔들리지 않았습니다. 무용의 매력을 절절하게 온몸으로 느끼고 굳은 결심으로 무용가로서 우뚝 서겠다고 마음을 먹은 저로서는 오히려 아버지를 깨우쳐 드리고 싶다는 반발심도 있었기 때문에 평정심을 유지했지만, 눈물을 흘리면서 저에게 호소하는 어머니의 흔들리는 눈동자에는 어떻게 하는 것이 좋은지 판단이 서지 않게 됐습니다. 말 한마디 하려고 입을 떼면, 어머니가 뜨거운 눈물을 왈칵 쏟아 놓아 아무 말도 할 수 없었습니다.

하지만 저는 여기에서 마음이 꺾여 버리면 안 된다고 생각했습니다. '이런 일로 꺾이면 무용가라는 어렵고 힘든 예술가의 길을 걷는 것은 무리이며 어머니와 헤어진다고 해도 결코 영원히 헤어지는 것이 아니고 잠깐의 슬픈 마음을 참으면 되는 것이다.'라고 생각했습니다. 이 한없이 슬프고 안타까운 마음을 버리고, 다시 만날 날을 기대하며 용감하고 힘차게 앞으로 나가야 한다고도 생각했습니다. 저는 이렇게 저 자신을 타이르며 스스로 격려했습니다.

"저도 어머니……, 저도 헤어지는 것이 얼마나 슬픈지 몰라요. 불안하고 초조해서 견딜 수 없기도 하고요. 하지만 영원히 어머니와 헤어지는 것이 아니에요. 그렇잖아요, 네? 어머니, 반드시 제 역할을 훌륭히 해내는 멋진 무용가가 되어 돌아오겠습니다. 그래서 제가 할 수 있는 한 어머니를 행복하게 해 드리고 싶어요. 그때까지…… 그때까지 저를 기다려 주세요."라고 눈물을 삼키며 부탁드렸습니다.

"그래? 그렇게까지 네가 굳은 결심을 했다는 말이냐. 네 출세를 위해서라면 어미가 무슨 말을 할 수 있겠니. 참으

마. 그래, 제대로 공부해 보는 거다."

어머니는 울면서 저의 도쿄행을 허락했습니다.

반대하는 아버지와 어머니만 설득하면 괜찮다고 생각했지만 그건 큰 착각이었습니다. 학교에서도 주위의 친한 사람들도 모두 크게 반대했기 때문입니다.

조선에서 무용이라고 하면 통상 술자리에서 흥을 돋우기 위해 춤을 추는 것이고, 춤추는 것이 직업인 사람은 기생에 한정되어 있기 때문입니다. 따라서 무용가가 된다고 하면 사람들에게 교태를 부리는 기생이 되는 것이다라고 생각할 수밖에 없는 시대이기도 했습니다. 그러니 제가 무용가를 지원하는 것에 반대하는 사람들은, 이런 무용에 대한 무지한 상태에서 봉건적인 사고방식만으로 제가 하고자 하는 일에 맹렬히 반대하며 공격의 화살을 쏜 것입니다. 그러나 저는 그러한 반대에 조금도 두려워하거나 흔들리지 않았습니다. 왜냐하면 저는 제가 바르게 판단했다는 것을 잘 알고 있었기 때문입니다.

혹 그것이 공회당 무대에서 이시이 선생님의 예술을 바라보며 하룻밤의 첫인상에 불이 붙어 타오른 열정이었다고 해도, 한번 무용의 '존귀함과 깊음'을 맛보며 그 매력에 마음속 깊은 곳까지 취한 이상, 무용에 제 삶을 의탁해도 좋으며 가장 바람직한 길이라고 굳게 믿었습니다. 이 길에서 어떤 어려움을 만난다고 하더라도 제가 어디까지 가닿아야 할지 분명히 알고 결의를 한 이상, 제 마음은 그런 이해 부족에서 생기는 반대 등은 조금도 귀를 기울이려고 하지 않았고 받아들이지도 않았습니다.

생각은 이렇게 했지만, 아직 열다섯 살에서 열여섯 살 정도의 소녀인 저는 주위의 맹렬한 반대와 어머니의 눈물을 보고는 아무리 참으려 해도 마음의 동요만큼은 억누를 수 없었습니다. 그런 상황에 어떻게 해서든 누군가를 의지할 수 있는 마음의 의지처가 없으면 견딜 수 없는 날이 이어졌고, 제 마음의 의지처가 되어 준 사람이 승일이 오빠였습니다. 오빠의 힘이 되는 '격려'라는 마음의 의지처가 없었다면 저는 결코 위와 같은 반대와 부모님의 눈물을 모른 척하고 앞으로 나갈 수 없었다고 지금에 와서 생각해 보면 절절히 깨닫게 됩니다.

이시이 선생님이 이끄는 무용단에 들어가 저도 연구생 생활을 시작한 날, 그것은 다시 말해 제가 태어난 고향, 경

성을 떠나 도쿄로 가는 여행의 길이기도 했습니다. 떠나야
하는 시간이 촉박했기 때문에 저는 아무런 준비도 하지 못
하고 그저 마음만 초조하고 불안한 채 역으로 달려갔습니
다. 제 뇌리에는 주위 사람들의 반대하는 얼굴, 자포자기
한 마음인 아버지의 어쩐지 서글퍼 보이는 얼굴, 어머니의
눈물 젖은 얼굴…… 만이 머릿속에서 떠나지 않았습니다.
빛나는 희망으로 가득해야 하는 출발 날에 한 줄기 어두운
그림자를 드리운 것입니다.

기차에 올라 15년간 살아 익숙한 곳, 저를 태어나게 해
준 고향을 바라보았습니다. 경성을 떠나려고 하는 찰나,
집에서 작별 인사를 하고 왔으나 그사이 어머니가 참지 못
하고 기차 창문 앞까지 저를 따라와 -무용을 목표로 한 저
의 결심을 뒤집으려고 뛰어온 것은 앞서 쓴 대로였지만-
이때에도,

"집안일은 절대 신경 쓰지 말아라. 그보다는 반드시 훌
륭한 무용가가 돼 돌아오는 것이 가장 중요하다. 그게 가
장 큰 효도가 되는 거란다. 3년 동안 어려운 일들을 잘 참
고 견뎌야 해, 그 정도의 고난은 아무것도 아니니까."

이런 말을 들으며 잠시 제 마음이 흔들릴 때, 어머니의 깊

은 애정에 푹 빠져 잠시 헤어나오지 못하려고 할 때, 저에게 채찍질하듯 힘이 되는 격려의 말을 해 준 것도 오빠였습니다.

오빠가 말한 3년의 고난, 이 기간은 처음에 제가 연구생으로 받아 달라고 이시이 선생님 앞에서 부탁을 드렸을 때 약속한 계약 기간이었습니다.

이렇게 해서 저는 드디어 무용의 길로 출발했습니다.

도쿄로 온 뒤부터 무엇보다 마음속으로 기다린 것은 멀리 있는 가족에게 오는 소식이었습니다. 그런데 고향에서 오는 아버지의 편지도, 어머니의 편지도 어느 것도 제게 생각만큼 기쁜 내용은 아니었습니다.

어떤 편지이건 '어떻게든 생각을 바꿔서 빨리 돌아오렴. 그것이 너를 위한 것이고, 동시에 우리를 위한 것이다.'라는 의미의 편지만 연달아 왔기 때문입니다. 물론 저에게는 이렇게 말씀하는 아버지의 마음도, 어머니의 마음도 충분히 이해하고도 남지만 그렇다고 해서 제 결심이 번복되는 일은 없을 것이기 때문입니다.

'최씨 집안이 어려운 건 들어 알고 있지만, 그 정도까지 어려움에 허덕이는 줄은 몰랐어. 아무리 돈이 씨가 말랐어도 하나뿐인 귀한 딸을 300엔에 기생으로 팔아버렸다잖아.'라는 소문이 고향에 좍 퍼지게 됐습니다.

"이 학교에서 그런 춤꾼 따위를 배출했다는 것은 신성한 학교의 치욕이다. 최승희는 학교에서 제명 처리해야 한다."

학교에서 이런 상황이 벌어지고 있다는 소식도 저에게 빈번하게 전해졌습니다.

저를 위해서 묵묵히 참고 있는 부모님, 세상의 요란한 비난의 대상이 되어 온갖 비방을 들으며 굴욕을 느끼고 있을 아버지와 어머니의 모습을 떠올리면, 아무리 굳은 결심과 각오를 품고 있는 저라고 해도 심한 충격을 받을 수밖에 없었습니다. 하지만 그러한 충격은 제가 고향으로 돌아가 아버지와 어머니가 겪는 아무 근거 없는 부당한 모욕에서 벗어나게 하겠다는 마음을 먹게 되는 것보다, 오히려 세상 사람들의 무지에 울분을 느끼게 했으며 저를 무용의 길로 향하게 하는 강한 채찍질이 되었습니다.

이시이 바쿠 선생님

　당시, 이시이 선생님의 연구소는 무사시노(武蔵野)의 한 모퉁이, 무사시사카이(武蔵境)에 있었습니다. 연구소에서 생활하게 된 저에게 손에 닿는 것, 눈에 비치는 것, 무엇이라도 전부 신선했고 희망에 넘치는 것으로 보여 못 견딜 정도였습니다.

　여기에서 저의 운명을 결정하는 무용 생활의 수련 과정이 엄숙하게 시작됐습니다. 저는 연구생이라고 해도 그건 이름뿐이고, 수업료는 물론이고 식비조차도 낼 수 없는 상황이었기 때문에, 주위를 둘러봐도 정말이지 쓸쓸하고 황막한 느낌에 휩싸여 있었습니다. 그리고 그저 한결같이 이시이 선생님의 불타오르는 예술에 대한 욕망과 열정에 바싹 뒤따르며 의지해 가는 것밖에 다른 길이 없었습니다.

매일의 생활이라는 것은 문자 그대로 무용 그 자체의 생활이었습니다. 아침 일찍 잠자리에서 빠져나오면 선생님을 필두로 우리 연구생 모두는 근처의 잡목림까지 뛰어가 거기에서 상쾌한 공기를 가슴 가득 들이마시는 연습을 했습니다. 연습이 끝나면 식탁에서 따뜻한 아침 식사가 시작됩니다. 식사 준비부터 세탁, 청소 등은 우리 모두 기운찬 마음으로 함께했습니다.

무용 공연 날이 다가오면 의상을 만드는 것이 하루 대부분을 차지하는 일이었습니다. 이런 고된 일도 저는 이시이 선생님이 원동력이 되어 힘을 낼 수 있었고, 선생님이 자아내는 풍부하면서도 깊은 예술적인 분위기에 빠져들며 평온하면서도 건강한 마음가짐으로 지낼 수 있었습니다.

선생님이 우리를 직접 지도해 주시는 시간은 매일 낮 2시간에서 3시간 정도, 이 시간은 숨 돌릴 틈도 없을 정도로 긴장되는 시간이었습니다. 그 외에는 각자가 초보적인 기본 연습을 나름대로 계속해 갔습니다. 바로 여기서 혼자 어떤 마음가짐으로 연습에 임하느냐에 따라 실력의 발전 정도가 상당히 차이 나는 지점이기도 했습니다. 물론 저는 이 시간을 최대한 활용했습니다. 세탁과 청소 시간에는 발성

법을 단련하는 시간이라고 생각했고, 또한 밤은 밤대로 잠자리에 들고 싶은 마음을 스스로 꾸짖으면서 영어 공부를 하거나 독서를 하면서 극도로 시간을 쪼개 활용했습니다.

그래서 자주 선생님과 사모님께,

"승희가 열심히 하는 건 틀림없는 사실인데, 무리해서 몸이 망가지기라도 하면 어떻게 할 방법이 없게 된단다. 내가 일단 승희를 맡아 가르치기로 한 이상, 너에게 무슨 일이 생기면 고향의 아버님이나 어머님, 오빠에게 죄송한 마음이 들지 않겠어? 그러니까 정도껏 해야지, 그 이상 하면 걱정스럽다고."라는 잔소리를 매일 듣게 됐습니다.

어떤 날은 또 -요새 선생님의 사모님과 만나 옛날이야기를 나누면 너무 웃긴 이야기가 되겠지만- 관동 평야에서 부는 강한 바람이 우리 얼굴에 마구 휘몰아쳐 몸이 찢길 듯하고, 추운 무사시의 한가운데서 인정사정없이 거칠게 부는 바람을 맞으며 저는 온 힘을 다해 세탁물을 널고 있었습니다. 아무리 세탁물을 빨래집게로 단단히 집어 놓아도, 강한 바람은 사정을 봐주기는커녕 더욱 맹렬하게 불어 재끼며 빨래집게로 집어 놓은 바로 옆에 있는 빨래를 떨어트렸습니다. 땅바닥으로 떨어진 빨래를 주워 올려 다시 물세탁을 해서 빨랫줄에 걸어 놓으면 또다시 강한 바람 때문에 바닥으로 떨어져 버렸습니다.

그런 일을 몇 번이고 반복하고 있는 사이에, 고난에 강하면서 인내력과 끈기만큼은 남에게 거의 져 본 적이 없는 저도 결국 근성이 꺾이고 기진맥진해져서 땅바닥에 떨어져 흙투성이가 돼 나뒹구는 빨래에 얼굴을 묻고 꺽꺽 소리 내며 쓰러져 울었던 적도 있었습니다.

집에서라면 아무리 가난했어도 빨래 같은 건 하려고 해도 시키지 않아 할 수도 없었던 저 자신을 생각하면, 더욱더 이유도 없이 마구 눈물이 흘러 울어 버렸습니다. 이런 일들이 자주 있었습니다.

그러나 그 시절 제 무용 수련은 지금 생각해 봐도 몸이 오그라들 정도로 온 힘을 다한 것이었습니다. 정말 죽을힘을 다하는 노력의 연속이었습니다. 때로는 인기척이 없는 새벽녘에 몰래 이부자리에서 빠져나와 어제 선생님께 배웠던 기본 연습 내용을 전부 저 스스로 납득할 때까지, 만족할 때까지, 몇 번이라도 반복하는 일도 자주 있는 일이었습니다. 시간을 아껴서 노력하며 피로에 지친 제 몸을 저는 다시 일으켜 세웠습니다. 바를 한 손으로 꼭 잡으며 있는 힘껏 발을 들어올리는 순간에 뼈가 딱딱 꺾이는 것 같은 통증이 온몸을 가로질렀고, 걸을 때마다 몸이 휘청거리며 어질어질해 절름발이 같이 다리를 질질 끌며 걸어야 하는 것도 결코 드문 일이 아니었습니다.

이러한 제 노력을 이시이 선생님도 긍정적으로 평가했으며 자주 저를 지도하는 열의를 아끼지 않았습니다.

매일 죽을힘을 다해 노력하며 정진하는 나날들을 보내고 있는 사이에, 그리운 고향에서 어머니의 격려 편지가 도착했습니다.

이제는 딸의 귀국을 단념했는지 어머니는,

"여기 사람들은 최씨 집안의 생활 형편이 너무 어려운 나머지, 귀한 딸을 기생으로 팔아 버렸다고 한다. 어미 마음이 찢어지는 것처럼 괴로운 말들이었다. 하지만 언젠가 사람들이 퍼트리는 소문이 아무 근거가 없는 헛소문이라는 것이 밝혀질 날이 올 것이라 믿는다. 너는 꼭 훌륭한 무용가가 되어 이런 추잡스러운 소문을 내는 사람들의 욕된 행동을 마음껏 되돌려 주렴."

어느새 어머니도 이러한 편지를 써 보낼 정도로 강한 어머니가 되어 있었습니다.

그러나 이런 편지 뒤에 배어 나오는 어머니의 눈물을 눈치채지 못할 제가 아니었습니다. '가난 끝에 딸을 기생으로 팔아 버린 것이다.'라는 당치도 않은 세상 사람들의 평가, 딸을 사랑하는 부모로서는 도저히 견뎌 낼 수 없는 굴욕을 고향에서 정면으로 맞받으며 가만히 참고 있는 아버지를 생각하고 어머니를 생각할 때, 아버지와 어머니가 저를 얼마나 사랑하고 있는지, 그 가늠할 수 없는 애정의 깊이를 알면 알수록 저는 슬퍼서 견딜 수가 없었습니다. 또한 아무리 강철 같은 굳은 결의를 하고, 무슨 일이 있어도 필사적으로 제 몫을 다하는 무용가가 되기 위해 하루하루를 보내고 있는 저라고 해도, 애초부터 아직 열다섯, 여섯 살 소녀이니 무슨 말을 다할 수 있었을까요.

'도대체 나는, 고향을 버리고 와서, 나 때문에 세상 사람들의 비웃음을 온몸으로 받고 계신 부모님을 그대로 두고 이렇게 살아도 괜찮은 걸까. 부모님의 자식으로서 과연 이것이 용서받을 수 있는 것일까.'라는 생각으로 헤매는 날들이 많았습니다.

무용 수련은 일반 사람은 도저히 생각도 할 수 없을 정도로 어려운 것입니다. 몸이 부서져라 노력하고 몹시 애를 써도, 저 자신을 채찍질하며 수련을 거듭해도, 가닿아야 하는 길은 아직 높고 높아 산처럼 저 멀리 있어 미숙한 저로서는 도달할 방법이 없습니다.

헤맴과 절망, 이 두 가지의 고통스러운 마음의 교착 상태에서 '어떻게 하면 될까?'라며 갈피를 못 잡아 몸도 마음도 완전히 지쳐 버렸을 때, 마치 사막에서 오아시스를 만난 것처럼 저를 격려해 주고 제 마음에 강한 용기를 준 것은,

"집안일 걱정할 거 조금도 없다. 친척들이나 주변 사람들의 생각 없는 말이나 너무나 무지한 데서 오는 모욕도, 비방도 그런 거 전부 나 혼자서 받으면 된다. 아무리 고통스러운 일이 있어도 결코 단념해서는 안 된다. 이런 일들을 훌륭히 견뎌 내고 당당하게 무용가로서 돌아오면 된다."라는 오빠의 든든하고 애정이 담긴 편지였습니다.

그즈음 저는 이런 일을 생각했습니다. '나는 조선에서 태어났다. 내가 아는 한 조선에서 누구 하나도 무용에 뜻을 둔 사람이 없다. 따라서 나는 조선을 대표해서 내 조국의

전통과 풍물이 가진 미를 제대로 잘 살려 현대에 새로운 예술을 창조해 보자. 그렇게 해야 한다. 나에게는 이것을 이루어야 하는 사명이 있다. 나는 큰 사명을 갖고 태어난 것이다…….'

이렇게 생각하니 제 어깨에 짊어지고 가는 하나의 큰 포부가 무엇인지 알게 되었고, 이를 위해 끝까지 제 뜻을 관철해 가야 한다는 것도 깊이 깨달았습니다.

이러한 제 마음을 깊이 이해해 주신 이시이 선생님 부부는 제 생활 전반을 돌봐 주었습니다. 또한 무용의 길에서는 유일하게 열의를 갖고 지도해 주신 지도자로서 저를 격려해 주었습니다. 그뿐만 아니라 부모님처럼 진심이 가득 담긴 애정의 눈길로 바라봐 주고, 따뜻하고 평온한 분위기 속에서 저의 성장을 도와주었습니다.

고향! 그리운 고향 -그곳에는 저를 생각하며 끊임없이 두 눈에 눈물을 흘리면서 하루도 빠짐없이 걱정해 주는 부모님, 또한 제 이상(異常)한 희망에 대해 격려의 눈빛으로 항상 지켜봐 주는 오빠가 있습니다.- 그런 고향을 멀리 떠나 도쿄에 있는 저에게, 선생님 부부가 부족함 없이 베풀어 주신 은혜와 귀한 보호 아래에서 저는 제 생애에 가장 소중한 수련 시절을, 정말로 진지하면서도 행복하고 의미 있게 보낼 수 있었습니다. 그 은혜는 선생님 문하에서 독립한 바로 지금, 더욱더 확고하게 느끼고 있습니다.

또한, 무용에 대한 이시이 선생님의 뜨거운 열정 그리고 수많은 고난을 물리치며 전진 또 전진해 가는 진지한 태도 바로 그것 자체가, 선생님께서 제 눈앞에서 온몸으로 실천해 주신 위대한 교훈이기도 했습니다.

고향으로

그리운 고향과 떨어져 이시이 선생님의 연구생으로 입소하고 1년 반이 막 지났을 때의 일입니다.

어느 날, 선생님이 부르시기에 무슨 일인가 싶어 선생님 방에 가 보니 선생님께서 이번에 다시 초대를 받아 조선에 간다고 말씀했습니다.

"승희야, 이번에 조선에 갈 때 너를 데리고 가려고 한다. 고향 사람들 앞에서 처음으로 무용가로서 네 모습을 보여 주는 것이니, 제대로 한번 해 보는 거다."

이런 선생님의 기운찬 말을 들었을 때, 지금 꿈을 꾸고 있는 것은 아닐까 하며 저는 깜짝 놀랐습니다.

'잠시라도 잊을 수 없는 고향, 1년 반 전만 해도 몹시 나를 비웃은 것뿐만 아니라 내 가족들에 대해서도 모욕적인 말을 했던 바로 그 고향으로, 이제야말로 무용가의 자격으로 가는 것이다. 그렇다, 이 기회야말로 있는 힘껏, 내가 할 수 있는 한 모든 힘을 쏟아서 춤을 춰 보는 것이다. 진지한 열의와 무용을 향한 불타오르는 진심을 고향 사람들 앞에서 전부 다 보여 주자.'

이런 기회가 이렇게 빨리 제게 온 것을 생각하면 저는 한시라도 빨리 조국으로, 경성으로 가고 싶었습니다. 달려서라도 가고 싶은 참을 수 없는 충동이 제 마음속에서 넘쳐흘렀습니다.

제가 경성을 떠난 후, 저를 비웃으며 제 가족을 모욕한 사람들도 차츰 저에 대해 오해했다는 것을 알게 될 것입니다. 그때는 이미 저에 대해 '카나리아의 딸'이라든가 '처음으로 무용의 세계에 등장한 조선의 소녀!'라는 내용의 신문이나 잡지 기사 또는 사진이 일반적으로 소개되었고, 경성에 있는 관련된 사람들도 저를 맞이할 준비가 모두 마무리되어 있었습니다. 또한 이때까지 저에게서 차갑게 눈을 돌렸던 무수히 많은 지인도 제가 무용가로서 출현한다는 것이 이렇게 크게 신문이나 잡지에서 다뤄지고 있다는 것을 알고 차츰 놀라기 시작한 모양이었습니다.

조선은 상당히 봉건적이고 도덕적인 사고방식을 가진 사람들이 많습니다. 앞에서도 기록한 것처럼 조선 땅에서는 무용이라고 하면 기생으로 사는 것밖에 생각할 수 없는 사람들만 있다는 것과 달리, 새로운 문화나 새로운 산업 형태로부터 생긴 새로운 생활을 동경해 살아가고자 하는, 말하자면 극단적으로 유행을 따르는 사람들의 집단도 당연한 절차처럼 생겨났습니다.

영화 일이라든가, 연극 일이라고 하는 방면에서 활동하고 있는 사람들이 그런 새로운 집단을 대표하는 사람들입니다. 이러한 사람들은 당연히 예전의 낡은 사고방식을 처음부터 싫어해, 만약 낡은 사고방식의 분위기가 난다면 적극적으로 말살하려고 했을 뿐만 아니라, 낡은 사고방식과는 정반대 방향으로 무리해서라도 나아가고자 했습니다. 거기에서 신구사상의 격렬한 투쟁이 매일 반복된 것입니다.

저는 물론 이러한 구사상(舊思想)과 구도덕(舊道德)에 반대해서 잠시 불효도 감수하고 무용 예술에 정진하며 오직 한 길에 매진해 전력을 다해 왔지만 그렇다고 해서 성도덕까지 파괴하려고 하는 극단적인 신사상 전부를 찬성할 수는 없었습니다. 또한 밤낮으로 무용 예술을 위해 몸과 마음을 던져 수련해 온 저에게 그 어떤 사상에도 가담할 만한 마음의 여유조차 없었습니다. 그런 와중에 제가 신구사상의 소용돌이에 휩싸인 고향 경성으로 1년 반 만에 돌아오게 됐다는 것보다도 중요한 것은, '무용가'로서 고향 땅의 무대에 서게 된 것입니다.

경성에서 이시이 선생님 일행의 인기는 대단했습니다. 일행 사람들도 그 인기에 힘이 난 것은 물론이지만, 저로서는 이번이 고향에서 공연하는 첫 무대였기 때문에 야단스럽게 소란을 떨 상황이 아니었습니다. 꿈속에서 꿈을 꾸는 듯한 황홀한 기분이기도 했고 왠지 상당히 두려운 마음도 들었습니다.

드디어 공연 당일이 오고, 프로그램은 순서에 따라 진행됐습니다. 객석은 꽉 들어찬 열기와 넘치는 관객들로 가득차 있었습니다. 그사이 곧바로 제가 솔로로 춤을 추는 순서가 왔습니다.

공연 제목은 〈세레나데〉였습니다. 저는 머리가 하얗게 된 채 모든 것을 다 던진다는 마음으로 정말 꿈속에서 춤을 추듯 온 힘을 다해 춤을 추었습니다.

춤을 마치고 분장실로 내려왔을 때는 몹시 감동하여 객석을 향해 한마디 말을 해야 하는 도리도 잊어버린 상태였습니다. 제 눈앞에 있는 것은, 오로지 눈물에 흐려져 흐릿하게 보이기만 했습니다. '나를 둘러싼 사람들이 나를 향해 뭔가 말을 하고 있나? 나는 무슨 말을 하고 있나? 나는 과연 뭔가 말을 했던가.' 아무것도 알 수가 없었습니다. 오로지 기쁜 마음뿐이었습니다.

다행히 제가 춘 독무(獨舞)는 호평이었습니다. 그 후 저는 이 기념할 만한 〈세레나데〉를 가는 곳마다 수없이 반복해서 추었고 그때마다 박수갈채를 받았습니다. 잊을 수 없는 춤 중의 하나가 되었습니다.

고향 사람들이 마음을 담아 보내 준 상찬과 격려의 말에 취할 틈도 없이, 저는 다시 이시이 선생님 일행과 함께 무용 공연을 계속해야 했기 때문에 경성을 떠나야 했습니다. 물론, 제가 태어난 고향, 아버지도 어머니도 계시고 오빠도 있는 경성에 남고 싶은 마음이 아주 강했지만, 애써 저 자신을 달래며 쾌활하게 선생님 일행과 함께 기차에 올라탔습니다.

그러자 다시금 1년 반 전에, 정확히 같은 플랫폼에서 기차가 출발하려고 하는 찰나에 넋을 잃고 슬퍼하는 사람의 똑같은 장면이 전개되었습니다.

또다시 어머니는 눈에 눈물이 가득 고인 채로, 제가 고개를 내밀고 있는 기차 창문을 향해 달려오고 있었습니다.

"못 간다. 못 가. 승희야……, 언제까지나 어미 옆에서 떨어지지 말아다오. 어미는 이제 더이상 너를 떨어트려 놓고 싶지 않다……."

어머니는 울부짖으면서 이미 움직이기 시작한 기차를 붙잡고서는,

"못 간다, 못 가……."라고 절규하면서 손을 흔들며 기차에 뛰어오르려고 했습니다.

그러나 기차는 대단히 빠른 속도로 미끄러지듯 달리며 플랫폼에서 멀어져 갔습니다.

어머니는 일본 무사시사카이까지 격려 편지를 보내줄 정도로 강해졌습니다. 제가 가고자 하는 길에 대해 충분히 이해했을 텐데도 막상 눈앞에서 사랑하는 딸을 보니 더이상 참을 수 없어, 딸에 대한 넘치는 애정 때문에 앞뒤 생각을 못 하게 됐을 겁니다. 무용가로서 저에 관한 내용이 신문이나 잡지에 아무리 화려하게 실렸어도, 눈이 부시게 빛

나는 라이트를 받으면서 터질 듯이 가득 찬 관중이 운집한 공연장에서, 제가 번개처럼 등장해 무서울 정도로 쏟아지는 박수갈채에 파묻힐 정도가 되는 것을 봤어도, 어머니는 결코 기뻐하지 않을 것입니다.

어머니에게 저는 그저 오로지 사랑스러운 딸로만 있어 주기를 바랄 것입니다. 그 외에 무엇이 되어도 어머니는 만족하지 않을 것입니다. 더욱이 무용가로서 저를 보게 되면, 다시 한번 어머니에게서 사랑하는 딸을 뺏는 것이고 딸에게 모욕적인 일을 시키는 것으로밖에 보이지 않았을 겁니다. 어머니는 언제까지라도 누가 뭐라고 하든, 무용이 훌륭한 예술이라는 것을 이해할 수 없었을 것입니다. 이해할 수 없다고 하기보다는 오히려 이해하고 싶지 않았다고 하는 것이 정확한 표현이겠지요. 눈에 넣어도 아프지 않은 딸은, 그저 사랑스러운 딸로서만 존재하면 충분하며 어머니의 따뜻한 품에서 부모의 깊은 사랑을 받으면 되는 것입니다.

그런 사랑스러운 딸이 무용가라고 하는 아무리 이해하려고 해도 이해할 수 없는 존재가 되어, 제 살과 뼈를 닮게 하면서까지 사람들 앞에서 춤을 추는 모습을 보고 있으면, 아무리 무용을 칭송하는 우레와 같은 박수의 물결에 둘러싸여 있다고 해도, 어머니 귀에는 나뭇잎이 미풍에 살짝 흔들리는 소리로도 들리지 않았을 것입니다. 그렇기는커녕 박수 소리가 크면 클수록 어머니의 마음은 제가 춤을 추며 고생하는 몸이 당신의 몸이라도 된 듯 괴로워하며 딸이 애달파 견딜 수 없었을 겁니다.

저는 그런 어머니의 속마음을 충분히 이해했으며 또한 느끼고 있었습니다. 그러니 울 수 없었습니다.

'어머니, 잠시만 제 불효를 용서해 주세요. 저는 반드시 훌륭한 무용가가 되겠습니다. 그리고 어머니를 행복하게 해 드릴 거예요. 그때까지는 어머니, 모쪼록 못난 딸 용서해 주세요.'

이렇게 맹세하듯 읊조린 저는 마음속 깊은 곳에서 올라오는 마음을 억누르며 흔들리는 기차에 몸을 맡겼습니다.

도쿄에 돌아와서는 다시 연습, 취사, 세탁, 공부 그리고 강도 높은 연습이 이어지는 하루하루가 반복됐습니다.

비장했으나 한편으로는 행복했던 3년간의 수련 생활도 이렇게 과거의 일이 되어 갔습니다.

도쿄를 떠나다

3년간의 수련 시간이 드디어 끝나려고 할 때 -그것은 쇼와 4년경(1929년)이었습니다.

무용계는 대단히 다양하며 변화무쌍한 시대가 도래했습니다. 지금까지 진부한 소녀가극으로만 흥행을 이어오던 다카라즈카 소녀가극단[8]이 세계를 풍미한 재즈 음악 유행의 흐름을 타고 재즈 리듬을 교묘하게 재창조한 '몽파리[9]'를 시작으로 새로운 시대를 열며 대중 사이에 압도될 만큼 엄청난 인기를 끌었습니다. 또한 마츠다케 소녀가극단[10]도

---

8) 다카라즈카 소녀가극단(宝塚歌劇団). 여성으로만 구성되어 레뷰, 음악극, 뮤지컬 등을 연기하는 극단.
9) 몽파리(モン·パリ). 1927년 9월 1일 일본 다카라즈카 대극장에서 최초로 상영된 레뷰.
10) 마츠다케 소녀가극단(松竹歌劇団). 1928년부터 1996년까지 활동한 레뷰 및 뮤지컬 극단.

드디어 이때쯤부터 움트기 시작했습니다. 한편 아사쿠사에서는 '레뷰'[11]라고 하는 것이 신흥 세력으로서 들불처럼 생겨 번지기 시작했습니다. 이런 상황에서 순수한 예술 무용의 투사들은 레뷰의 등장으로 어지럽고 혼란스러운 상황에서 홀로 높고 청아한 입장을 지켜 내야 하는 시기에 직면하게 됐습니다.

불행이란, 마치 불행이 불행을 낳는 것처럼 연이어 일어나는 모양입니다. 이처럼 무용계는 어렵고 곤란한 시기가 막 시작됐는데, 우리들의 절대적 신뢰를 받고 큰 의지처이기도 한 이시이 선생님이, 오랫동안 순수한 예술 무용에 당당한 면모를 보이며 전인미답의 경지를 개척하면서 저돌적으로 싸워온 선생님이, 고질적인 눈병으로 실명하게 된 것입니다. 우리가 큰 기둥처럼 의지해 온 이시이 선생님의 실명은 무용계의 가장 큰 혼란기에 있는 와중에 이시이 무용단을 절망의 바닥으로 끌어내렸습니다.

---

11) 레뷰(レヴュー). 같은 시대의 인물과 사건들을 묘사하거나 풍자하는 노래나 춤, 촌극, 독백 등으로 이루어진 가벼운 오락극. 다시(re) 보다(voir)는 뜻의 프랑스어 'revoir'를 일본식으로 부른 이름.

더욱이 불행은 그것으로 끝나지 않았습니다. 자세한 이유는 저도 지금까지 잘 알지는 못하지만, 아마도 예술에서의 견해 차이로 감정의 엇갈림이 시작된 것은 아닌가, 라고 생각합니다. 어쨌든 오랫동안 이시이 선생님의 무대 위 파트너(상대역)로 항상 무대에서 함께했고, 세계 무용 여행까지 함께 간 이시이 코나미[12] 선생님이 이시이 무용단에서 탈퇴해 버린 것입니다. 강한 타격에 더해 치명적인 타격까지 이시이 선생님에게 더해진 것입니다. 그러나 이시이 선생님은 강했습니다. 예술에 대한 뿌리 깊은 열정과 강철 같은 굳은 의지로 겹치는 불행을 타개하기 위해서 분기해 싸우기 시작했습니다.

저는 그때 일들을 생각하고 싶지 않습니다. 너무나 애절한 기억만 계속 생각나기 때문입니다. 그런 이유로 여기서 이야기하고 싶지 않습니다. 단지, 참기 어려운 비통함과 예술적인 초조함과 깜깜한 절망이 뒤섞여, 처음부터 끝까지 머릿속을 막 쥐어뜯는 듯한 정말 안절부절못하는 날들의 연속이었습니다.

---

12) 이시이 코나미(石井小浪, 1905~1978). 이시이 바쿠의 처제. 일본의 무용가.

이런 불쾌한 변화가 우리를 덮쳐 오기 전부터 저에게는 예술에 대한 번민, 무용에 대한 큰 의문과 함께 벽에 부딪친 느낌이 강했습니다.

이제 와서 생각해 보면, 수련에 수련을 거듭하며 몸이 가루가 되도록 연습하던 고통스러운 날들을 비장한 마음으로 지내 온 제 마음속에, 예술에 대한 첫 번째 전환기가 온 것이라고 생각합니다. 어쨌든 언제부터인가 막연하게 무용에 대한 관념이 제 마음속에서 변화해 갔습니다. 그 결과로 드러난 것은 선생님으로부터 독립해서 새로운 자신만의 길을 개척해 정진해 가고 싶다는 절실한 마음이었습니다.

'난 앞으로도 어디까지나 예술 무용을 위해서 고군분투하며 정진해 갈 것이다.'라고 생각하는 마음이 강해지면 강해질수록 지금까지 달려온 길이 뭔가 막힌 듯한 느낌이 들어 견딜 수가 없었고, 또한 슬며시 무용에 대해 생기기 시작한 의혹이 모락모락 머리를 들기 시작했습니다. 그리고 저는 이 매너리즘을 타파해 더욱 다음 단계로 올라가는 수련을 해야 한다는 결심을 했습니다. 그것과 동시에 조선에서 태어난 무용가라는, 독자적인 입장에 대한 자각도 드디어 싹트기 시작해, '내가 아니라면 안 되는 새로운 무용을 창작해 보고 싶다, 나 자신은 그런 예술을 창작해야 하는 사명이 있다'라는 생각이 강렬하게 들기 시작했습니다.

또한 지금까지 이시이 선생님의 특별하면서도 자애로운 배려와 자상하면서도 꼼꼼한 지도 아래 생활한 날들이 그즈음 저에게는 '지나치게 순조로운 것은 아닌가.'라는 생각이 들어 견딜 수가 없었습니다.

그런 까닭으로 제 머릿속은 여러 가지 생각들로 소용돌이치게 됐습니다. '도대체 나는 이대로, 이와 같은 무용 생활을 계속해 나가도 괜찮은 것인가.'라는 미래에 대한 분명하지 않은 어둠과 불안이 저녁 안개처럼 일어났습니다. 동시에 스스로 대중 앞으로 나아가 시험해 보고 그에 따른 시련을 겪어 보기 위해 결단을 내려, 사회의 거센 파도 한복판에 뛰어들어가 보고 싶다는 억누를 수 없는 불가사의한 충동을 강하게 느꼈습니다.

그뿐이었다면 저는 급격한 생활 변화에 내던져진 것 같은 상황까지는 되지 않았을지도 모르겠습니다. 그러나 이런 마음으로 초조해하고 있는 상황에, 러시아 대사관 관계

자로부터

"당신, 러시아에 가 보고 싶은 생각이 있는가? 가고 싶다면 데려가 주겠다."라는 권유의 말을 들었습니다.

러시아라고 하는 나라는 제가 소녀 시절부터 동경해 온 나라였습니다. 게다가 당시 저는 그런 권유의 손길에 현혹되어 가슴이 두근두근하는, 상황 판단이라는 것은 일체 잊어버리고 그저 기쁜 마음으로 들뜨는 아직 어린 나이이기도 했습니다.

여러 가지가 뒤섞인 복잡한 감정과 극도로 초조해하고 있던 제 마음은 러시아행이라는, 전혀 구체적이지도 않고 어떤 계획도 없이 솔깃한 권유에 그만 흔들리고 말았습니다. 제게 제2의 아버지이며 한없는 온정을 아낌없이 주신 이시이 선생님 곁을 떠나고 정든 도쿄를 떠나, 저는 나고 자란 고향인 경성으로 돌아가겠다고 결심했습니다. 이때가 일찍이 경성에서 연구생으로 입소했을 때 약속한 3년의 기한이 끝난 쇼와 4년(1929년) 7월의 일이었습니다.

이때 이시이 선생님을 버리고 떠나는 것에 대해 저는 온갖 비방과 비웃음 섞인 말을 들었으며 세상 사람들의 쑤군

거리는 소리를 들어야 했습니다. 그러나 저는 침묵했습니다. 저는 부모님 같은 은사 이시이 선생님을 향해 화살을 쏠 만큼 도리에 어긋난 행동을 할 사람이 아닙니다. 또한 상황이 어려운 이시이 선생님의 곁을 떠나는 것은 경제적인 면에서 이해타산을 생각해 스승을 버리려고 한다는 말도 들었습니다. 하지만 제 입장에서 보면 원래 그런 경제적인 타산을 완전히 버리고 걸어온 길이 아니겠습니까. 경제적인 면을 생각해 스승을 떠나려고 하는 것 자체가 저에게는 불가능한 일입니다. 또한, 오빠를 비롯한 그 외 외부사람들의 지휘나 음모로 제가 춤을 추게 됐다고 말들을 해오빠가 상당히 어려운 상황에도 처했습니다. 하지만 오히려 "끝까지 선생님의 곁에 머물며 초심을 관철해야 한다."라고 말하며 가장 강력하게 권유한 것은 오빠였습니다.

저는 주위 사정을 깊이 생각하고 살펴보기에는 아직 너무 어린 나이였습니다. 단지, 오직 저 혼자만의 길을 걸어가 보고 싶어 견딜 수 없는 마음뿐이었습니다.

이제 와서 생각해 보면, 제가 이시이 선생님의 곁을 떠나려는 시기는 확실히 적당한 시기는 아니었습니다.

순수 무용이 '레뷰'를 비롯해 그 외 대중오락의 압박을 받으며 위험한 처지에 있는 그때, 이시이 선생님은 눈에 병을 앓고 있었을 뿐만 아니라 늘 의지하며 기둥처럼 생각했던 파트너 이시이 코나미 선생님도 떠나 버려 선생님은 견디기 힘든 타격을 받은 상태였습니다. 하필 그런 상황에 제가 왜 헤어질 결심을 하는 막다른 곳까지 오게 되었는지, 당시에 저 자신의 절박한 이유가 있었다고 생각하지만 지금도 그때의 일을 돌이켜보면 선생님께 정말 죄송한 마음이며 저도 진심으로 고통스러웠습니다.

일부 사람들은 그때의 제 마음을 조금도 이해해 주려고 하지 않고, 뭔가 다른 의미로 곡해하는 경향이 있었던 듯하지만 그렇게 생각하는 것은 무엇보다 제가 바라던 바가 아니며 불쾌한 일이었습니다. 만약 제가 자기만 생각하는 여자로, 계산적인 것만 생각해 행동하는 여자였다면 저는 그때 이시이 선생님 문하에 언제까지고 붙어 있으며 요령 있는 길을 선택했겠지요. 코나미 선생님이 떠난 후, 그 자리를 이어받아 이시이 선생님의 상대 역으로 무대에서 명예로운 지위에 설 수 있는 절호의 기회를 잡을 수 있었을지도 몰랐기 때문입니다.

여하튼 저는 저 자신의 예술을 정립하고 싶은 한 가지 마음에 사로잡혀 곧장 고향 경성으로 가는 길을 서둘렀습니다.

그리고 동경하는 러시아를 목표로 수련 여행에 임하고자 하는 빛나는 꿈이 가슴 가득 부풀어 올랐습니다.

러시아로 가는 이야기는 처음에 러시아 대사관 관계자에게 들은 이야기였고, 이는 경성에 있는 영사관의 후원을 받아 러시아로 가는 계획이었습니다. 그런데 경성에 도착해 종종 영사관 분들과 이야기가 오고 가는 중, 불행하게도 여러 가지 사정으로 인해 이 계획은 애초부터 없던 일이 돼버렸습니다.

제 기운 넘치는 마음은 보기 좋게 무너지게 되었고, 그 영향으로 저는 완전히 마음이 꺾여 모든 일에 마음을 놓게 됐습니다. 이제부터 도대체 어쩌면 좋다는 말인지 전혀 짐작할 수 없었기 때문입니다.

어느 날,

'우선은 결단을 내려서 다시 동경으로 가 보자. 그리고 될지 안 될지는 나중에 생각하고 어쨌든 자립해서 할 수 있는 데까지 해 보자.'라는 결심을 한 적도 있습니다. 그러나 이제 와서 염치없이 이시이 선생님 곁으로 돌아갈 수는 없었습니다. 하지만 도쿄에서는 이시이 선생님을 붙잡는 것 외에 달리 의지할 곳이 없었습니다. 아무리 제멋대로 생각해 봐도, 선생님을 이용하려는 목적 같은 것은 털끝만큼도 없었습니다. 이때만큼은 굳은 의지로 지금까지 잘 버텨 온 저로서도 힘없이 도쿄로 가는 결심을 그만둘 수밖에 없었습니다.

그렇게 되자 제가 선택할 수 있는 남은 길은 오로지 두 가지였습니다. 우선 하나의 길은, 지금까지 열심히 걸어온 무용을 과감히 버리고 아버지와 어머니의 희망대로 남편을 얻어 평범한 아내가 되어 완전히 가정주부로 사는 길이 있고, 아니라면 어디까지나 초심으로 돌아가 무용의 길을 개척해 가기 위해서 독립하는 것이었습니다. 저 혼자서 아무리 작아도 경성에 작은 연구소를 열어 무용 예술이라는 새로운 예술 분야를 개척하는 것, 무용가도 배출하지 않은 조선 땅에 제일 처음으로 괭이를 박아 넣고 저 스스로 무용의 씨를 뿌리는 사람이 되어 돌파해 가는 것, 비록 이 길에서 아무도 도와주지 않는다고 하더라도 말입니다. 이 두 가지의 길 중 하나를 지금 바로 결정해야 했습니다.

결혼해 버릴까, 라는 생각도 제 심중에는 조금이나마 있었습니다. 그러나 여기까지 와서 무용의 길을 포기해 버리는 것은 애초에 아버지와 어머니를 고통스럽게 하면서까지 결심한 제 뜻을 휴지 조각으로 만들어 버리는 것과 같았으며, 또한 지금까지 오랜 시간 노력하며 인고의 생활을 견뎌온 시간을 수포로 돌아가게 하는 것이었습니다. 무엇보다 그런 노력이 아깝다기보다는 무용 예술에 대한 치열한 제 의욕이 무용을 버리고 떠나기에는 지나칠 정도로 강하게 불타오르고 있었습니다.

"그런 약한 마음으로 뭘 어쩌겠다는 것인가. 너는 예술가다. 신성한 예술을 위해서 끝까지 싸워 보겠다고 한 것은 바로 너 자신 아닌가."라는 오빠의 자극이 되는 격려의 말에 힘을 내, 저는 두 번째 길을 선택하며 마지막에 마지막까지 무용 예술을 향해 전진해 갈 것을 단호하게 결의했습니다.

곧바로 경성으로 가서 제가 꾸리는 무용 연구소를 설립할 것을 결심했습니다. 이때 저는 열여덟 살, 마침 경성의 하늘에는 하얀 구름이 눈이 부시게 빛나고 있는 한여름이었습니다.

독립을 결심한 그 시절 저는, 그 이후의 생활이 어떤 상황으로 펼쳐지게 될지 조금도 생각해 보지 않았지만 제 가시밭길은 그때부터 시작되었습니다.

독립

고향으로 돌아온 제 모습을 보고 아버지도 어머니도 기뻐해 주셨습니다. 그리고 오빠도 기뻐했습니다. 그러나 부모님이 저를 보고 기뻐한 기쁨과 오빠가 느낀 기쁨이란 것은, 그 성질이 너무나도 대조적이었고 전혀 다르기도 했습니다.

오빠는 제가 어찌 되었든 무용가로서 독립할 생각으로 돌아온 것을 상당히 기뻐했습니다. 그러나 부모님은, 특히 어머니는 제가 돌아온 것을 알자마자, 이는 반드시 제가 드디어 무용가가 되는 것을 단념하고 아름다운 신부가 될 것이라고 아니 신부가 되는 것을 지레짐작해서 기뻐한 것이었습니다. 어머니 처지에서 보면 사랑스러운 딸을 당신들 곁에서 멀리 떨어트려 놓는다는 걱정은 해소되기도 하고, 노출된 몸을 대중 앞에 드러내며 뭇사람의 손가락질을 받는 일도 사라지겠지 하는 생각에서의 기쁨이었습니다.

그러니 제가 돌아오자마자 부모님은 계속해서 혼담에 관한 이야기를 하시면서,

"이분이라면 좋겠다, 무엇 하나 부족한 것이 없지 않으냐."라고 말하며 혼인을 권유했습니다.

물론, 그런 마음을 버린 저는 부모님의 혼담에 관한 이야기를 무턱대고 전부 거부했습니다. 하지만 한 번, 부모님의 간곡한 부탁에 어쩌지 못하고 정말로 선을 보러 나가기까지 했습니다.

하지만, 무용 예술을 목표로 전보다 배 이상의 용기와 결의를 다지며 나아가려고 각오를 한 제 마음은 미동도 하지 않았고, 간절한 부모님에게는 죄송한 마음이었지만 혼담에 관한 이야기는 결국 모두 뿌리치고 없던 일로 하게 됐습니다.

'독립으로, 독립으로! 무용 연구소의 설립! 나만의 예술 수립!'이라는 생각 외에 다른 어떤 것에도 제 마음은 움직이지 않았습니다.

독립, 독립이라고 입으로 말을 해 보면 쉬운 일 같지만 실제로 겪게 되면 그렇게 간단하게 할 수 있는 일이 아니었습니다. 적잖이 고심을 거듭해 연구소 설립으로 진행을 했

고 결국 오빠가 처자를 내팽개치다시피까지 하며 분주하게 뛰어다녀 준 덕분에 겨우 연구소로 쓸 만한 집을 빌릴 수 있었습니다. 그리고 마침내 문 앞 돌담에 '최승희 창작 무용 연구소'라는 글자가 검게 빛나는 문패가 걸리게 됐습니다.

독립을 발표하자 금세 연구생도 여기저기서 모여, 열다섯 명 정도 들어왔기 때문에 그럭저럭 모양도 갖춰졌습니다. 저는 굳은 의지를 불태우고 새로운 무용의 세계를 개척하는 첫발을 힘차게 내디디게 됐습니다.

다행히 〈경성일보〉의 호의적인 주최 아래 제1회 발표회도 개최할 수 있었습니다. 제1회 발표회니만큼 좋은 반응이 있을 거라는 생각은 전혀 하지 않았고, 그저 상당히 불안한 마음으로 잘 끝나기만을 바랐지만, 막상 개최하고 보니 제 걱정을 한 번에 날려버릴 정도로 문자 그대로 관람객이 인산인해를 이루며 성대한 발표회가 되었습니다.

당시 사이토 총독[13]을 시작으로 여러 명사께서 왕림해 주셔서 이렇게 성대한 발표회가 됐을 뿐만 아니라 뜨거운 박수갈채에 완전히 감동한 우리는 하늘을 나는 듯한 기분

13) 사이토 마코토(斎藤実). 제3대(1919.3~1927.12), 제5대(1929.8~1931.6) 조선 총독.

으로 성공의 단술에 취했습니다.

그런데도 분장실을 찾아온 어머니는 아직도 제 이런 성공을 함께 기뻐해 주기는커녕,

"어머니, 기뻐해 주세요. 성공입니다, 대성공이라고요."

"아니, 어미는 조금도 기쁘지 않다."

"왜요?"

"왜요라니? 승희야, 아무리 집안 사정이 어렵다고 해서, 시집도 가지 않고 그런 벌거숭이 모습으로 무대에서 쓰러졌다가 춤추다가……, 그렇게까지 해서 살아가야 하는 거니? 왜 기뻐해야 하는지, 어미는 전혀 모르겠다."

"하지만…… 어머니, 무용에 대해서 좀 더 알아보고 이해해 주시지 않으면 안 돼요."

"불쌍한 승희야, 어미는 네가 불쌍하고 불쌍해서 견딜 수가 없다."라고 말하며 눈에는 눈물이 그렁그렁해져 있으면서도 어머니의 그런 마음에 어찌할 바를 모르고 있는 제 가슴을 쓸어내리며,

"힘들었지? 힘들고말고."라고 말하며 마치 어린 시절의 저를 대하듯 제 몸을 주물러 주었습니다. 어머니로서는 무용을 하는 제 모습이 참담하게 보여 어쩌지를 못했겠지만,

저로서는 제1회 발표회로 성공을 거두어 매우 기쁜 상황이었으나 그 틈 어딘가에 남은 일말의 어두운 그림자가 있어 마음이 불편했는데, 그것이 바로 저를 이해해 주지 못하는 어머니의 이런 마음 때문이었습니다.

제1회 발표회는 정말 예상외로 성대한 성공을 거두었지만, 그것이 결코 경제적인 혜택으로 돌아온 것은 아니었으며 그 후로도 평탄한 길을 걸었다는 것도 아니었습니다.

경성에는 진보적인 사람들과 예술에 대한 깊은 이해력이 있는 사람들도 상당히 많았는데, 대부분은 무용 예술에 대해서는 아쉽게도 전혀 무지했습니다. 무용이라는 것에 흥미나 이해도 거의 없는 사람들을 대상으로 '신무용'을 건설하려고 하는 노력은 결국 모래 위에 탑을 짓는 것 같은 어리석은 일은 아닐까, 꿈과 같은 일은 아닐까 생각했습니다. 실망 끝에 제가 가야 하는 길도 잊고, 이런 의문에 부딪히며 격렬한 환멸과 슬픔에 뒤덮였습니다. 제가 이와 같은 절망의 바닥에서 몸부림치며 오열한 것도 결코 한두 번이 아니었습니다.

그러나 저는 싸워냈습니다. 오빠의 격려와 긍정적인 채 찍 덕분에 끝까지 힘을 내 1년이라는 긴 시간 동안 고통스 러운 싸움을 계속했습니다. 그사이 이와 같은 고심이 통 한 것인지, 기쁜 일로는 일반 연극과 영화의 팬 숫자에 뒤 지지 않을 정도로 무용을 좋아하는 애호가들이 점차 나타 나기 시작했다는 것입니다. 여기까지 도달했을 때, 우리는 처음으로 서광이 비쳐 크게 구원받은 것처럼 서로 행복한 마음을 느낄 수 있었습니다.

하지만 그것은 여전히 정신적인 면에 대한 지지였고, 물질적인 고통은 점점 더 심해지기만 했습니다. 그 원인 으로는 말할 필요도 없겠지만, 연구소의 운영비가 불어났 기 때문입니다. 연구생은 여전히 십수 명은 매일 와 있었 으나, 이 중에 모두 수업료를 받은 것은 아니었습니다. 수 업료는 받지 않아도 문제가 되지 않았으나, 연구생으로 필요한 생활비부터 용돈에 이르기까지 모두 제가 부담해 야 했습니다.

이는 상당히 고통스러운 생활이었습니다. 게다가 저는 생활고, 경제난과 싸우면서 저 자신의 몸과 마음을 쏟아부 은 무용 예술의 신성함을 더럽히는 일이 있어서는 안 된다고 끊임없이 생각했습니다. 그것은 저 자신을 배신하고, 자신을 추락시키는 것뿐만 아니라 동시에 깊은 은혜를 받은 이시이 선생님도 배신하는 것이라고 강하게 믿고 있었기 때문입니다. 그렇기 때문에 저는 한결같은 마음으로 단독 공연 이외에는 어떤 주최나 모임에 초대를 받거나 권유를 받아도 신념을 꺾고 출연한 적은 결코 없습니다.

그런데, 아버지와 어머니는 여전히 가난과 싸우는 생활을 계속하고 있고, 처자를 끌어안고 있는 오빠도 한 가지 일에만 몰두하며 노력하는데도 불구하고 힘든 생활을 벗어나지 못했습니다. 그에 더해 저의 이와 같은 괴로운 상황도 있습니다. 우리는 완전히 바닥에서부터, 정체를 알 수 없는 너무나 무거운 운명의 짐을 짊어지고 걷고 있는 여행자 같은 마음으로 하루하루를 지내고 있었습니다.

이런 고난의 처지에 있는 사이를 틈타 유혹의 손이 자주 우리에게 뻗쳤던 것이 이즈음이었습니다.

모 부호의 아들이 가난에 허덕이는 아버지를 꼬드겨서 '다시 재기해서 옛날처럼 일가를 이루는 기운을 만들려면 자금을 좀 빌려야 하는데, 부흥을 기대하며 새로운 사업을 시작할 마음을 먹는 건 어떤가.' 하며 말을 걸었습니다. 아버지는 경계하면서도 그 감언이설에 속아 자금 제공을 약속할 뻔했고, 약속대로 될 것으로 생각한 부호의 아들은 곧바로 저에게 접근해 유혹하려고 했지만 다행히 음모가 전부 드러난 적도 있었습니다.

또한 어느 날에는 조선에 있는 대상인(大商人)입니다만,

"어때? 이런 작은 연구소로는 방법이 없어. 아무것도 못하잖아. 하나 정도는 훌륭한 연구소를 짓고 싶지? 그러니모든 경비를 대주고 피아노도 사줄 테니까 자네는 열심히연구만 해 줘."라고 말하며 저를 격려해 준 적도 있습니다. 처음에 우리는 예술을 이해하는 진정한 후원자라고 생각해기뻐했지만, 상황을 보고 있는 사이 아무래도 이상한 느낌이 들어 경계하자 바로 저를 기생과 같이 취급하려는 마음씀씀이를 알게 되어 이와 같은 제안을 거절한 적도 있었습니다.

신념을 꺾고 제가 후원자의 뜻에 따른다면 확실히 저는윤택하게 생활할 수도 있고 제 연구설비도 구석구석까지빈틈없이 갖출 수도 있으며, 그것이 또한 가장 손쉽고 가장 빨리 돈을 손에 쥐는 방법이기도 했습니다. 그러나 저

는 그러한 굴욕적인 상황에 무릎을 꿇을 수가 없었습니다.

'나는 끝까지 무용 예술을 위해 싸울 것이며, 싸워낼 것이고 그래도 경제적인 자립을 할 수 없다면 나는 가장 마지막에 무용을 버릴 것이다. 순결한 몸을 더럽히면서까지 무용의 신성함을 모독하지 않을 것이다. 그런데도 내가 이 싸움에서 참패한다면 그것은 내 힘이 닿지 않는 차원인 것이다. 나는 결혼해서 평범한 가정의 여성이 되겠지. 후원자를 갖는 것은 당치도 않은 것이고, 영화계 등으로 흘러들어갈 마음은 더더군다나 없다. 그런 마음이 들뜬 일은 상당히 나와 맞지 않고, 무용 예술 오로지 하나만 밀고 나간다.' 한길로만 가고자 하는 제 진정한 마음이었습니다.

봉건적이고 구식인 사고방식일지 모르겠지만, 저는 어렸을 때부터 몸의 순결을 지키지 못한다면 죽어 버리는 것이 낫다는 생각을 깊이 하고 있었습니다. 지금에 와서 그런 마음을 뒤집으려고 해도 도저히 뒤집을 수가 없었습니다.

곤궁한 생활을 버티고 견뎌내면서 그래도 이시이 선생님의 뜻을 품고 연구소를 경영했지만, 괴로운 것은 결코 경제적인 어려움뿐만이 아니었습니다. 예술적으로도 뭔가 꽉 막힌 답답함을 느낄 수밖에 없었습니다.

도쿄와는 달리 경성에서는 예술적인 강한 자극이 빈약할 뿐만 아니라, 유력한 예술적 경쟁자도 구할 수 없었고, 자연히 저도 제 예술의 막다른 한계에 다다르게 되어 견딜 수가 없었습니다. 이 예술적인 번민에 더해, 오로지 여자인 저 혼자 힘으로 연구소를 경영해야 한다는 것도 당시에는 큰 고통이었습니다.

물론 여전히 오빠는 그사이에도 끊임없이 귀중한 시간을 할애해서 저의 큰 의지처가 되기도 하고 힘이 되기도 하면서 도와주었고, 진심 어린 격려도 해 주었습니다. 달리 다른 도움을 받을 수 있는 것도 아닌 상황에서 매니저 같은 역할까지 해 주었습니다. 그러나 오빠는 결국 지금은 가정을 지키는 사람으로 돌아갔습니다. 오빠는 오빠가 책임을 지고 있는 오빠 자신의 생활이 있기 때문이었습니다. 그와 같은 이유로 어쨌든 지금은 도움의 손길은 부족하고, 당시는 무엇 하나 제 생각대로 되지 않는다는 것을 절감해야만 했습니다.

그런 와중에 저는 열아홉 살을 맞이했습니다.

경제적인 고통, 예술에 관한 번민, 도움의 손길이 부족한 상황, 돈에 대한 유혹, 더러운 유혹의 마수…… 어느새 진지하고 깊게 결혼에 대한 생각으로 기울어지는 것이 바로 그 시절의 제 심정이었습니다.

결혼

저는 잠깐 제가 이미 훌륭하게 제 역할을 잘 해내는 무용가라고 하늘을 나는 듯 자기 교만에 빠져 있었습니다. 하지만 수련을 거듭할수록 저의 예술이 상당히 미숙한 것이었다는 것을 통감할 수밖에 없었습니다. 그것과 동시에 사회의 거센 파도를 뛰어넘어 가려고 할 때, 여성이라는 위치가 얼마나 약한 것인가라는 것을 너무나 잘 알게 되어 예술에서도 실생활에서도 훌륭한 지도자가 저와 함께해주길 바랐습니다. 그런 마음이 제 귀에 '그걸 해결하는 제일 좋은 방법은 결혼하는 거 아니겠어? 결혼해! 결혼하라고!'라고 속삭여댔습니다.

연습을 마친 어느 날, 오빠와 둘이서 연구소에서 종종 경영상의 방침을 서로 이야기하고 있을 때였습니다.

"오빠, 나, 눈 딱 감고 결혼할까, 생각하고 있어. 어떨까?"

저는 이렇게 말하고 오빠에게 고민을 털어놓았습니다. 특별히 이 사람이 아니면 안 된다는 상대 남성이 있는 것도 아니었기 때문에, 저는 가능하다면 오빠가 알고 있는 사람 중에 제대로 저를 잘 이끌어줄 수 있는 사람을 소개받고 싶은 마음이었습니다. 오빠도 제 이런 심정을 잘 이해해 주었습니다.

"그거 좋은 생각이구나. 누구 마음 가는 사람이라도 있어?"

"아니, 그걸 오빠한테 부탁하려고 해……, 혹 누군가, 나한테 적당한 분을 소개해 주면 좋겠어, 오빠."

"응, 생각해 둔 사람이 없는 건 아닌데, 그럼, 조만간에 너하고 만나게 해 줄게."라고 오빠가 말을 하고 돌아갔습니다.

부모님에게 제 이런 마음을 이야기하자마자 부모님이 대단히 기뻐하며,

"이번이야말로 진심으로 결혼할 마음을 먹은 게로구나. 이제 무용도 그만두는 거겠지?"라며 크게 기뻐했습니다.

그리고 부모님은 일단 단념해 버렸던 제 배우자 후보를 다시 물색하기 시작했습니다. 하지만 부모님에게 소개받은 사람 모두 제 마음을 움직이지 못했습니다. 그리고 제가 싫은 내색 없이 상당히 마음을 쏟으며 제가 하는 일에

대해 이해를 구하고 설명도 자세하게 해 드렸지만, 아무리 시간이 지나도 아직 무용이라는 것을 이해하려고 하지 않는 부모님의 마음이 슬퍼서 견딜 수가 없었습니다.

저는 정식으로 결혼하려고 마음을 먹었지만, 결혼을 결심한 원인에는 아직 한 가지 더 중요한 이유가 있었습니다. 사실은 어떤지 모르겠습니다만 도대체 조선에서 무대와 영화에서 일하고 있는 진보적인 여성이라고 하는 여성은, 거의 전부가 정조 관념을 타파하는 것이 새로운 사상으로 생활하는 것이라 생각하고, 정조 관념 없이 이 남자에서 저 남자로 건너가는 것을 명예와 같다고 생각하는 것뿐이었습니다. 신흥 무용을 위해서 싸워 나가는 예술인인 저는, 그러한 사람들과 혼동되어 악덕 저널리스트의 날조된 전혀 근거 없는 추문에 얼마나 피해를 보고 고민했는지 모릅니다. 그건 저뿐만이 아닙니다. 제가 무대에 서는 여성이기 때문에 정해진 남편이 없다는 그 이유만으로, 아버지도 어머니도 그리고 근면 성실하게 한 가정을 책임지고 생활하고 있는 오빠마저도, 당치도 않은 소문이 퍼져 참을 수 없는 굴욕을 받게 된 것입니다.

그런 극히 불쾌한 소문과 추문이 소용돌이치고 있는 가장 어려운 상황에서, 제가 청순하고도 올바른 결혼을 당당하게 올리는 것은 결국 아무런 근거 없이 떠도는 소문을 박살 내버리는 것입니다. 또한 악덕 저널리스트들에게 일침을 가하는 것이기도 하며 동시에 지금까지 조선에서 살아가는 무대 여성이 받아 온 견딜 수 없는 모욕에 대해 무언의 항의를 감행하는 것이 되기 때문입니다.

얼마 지나지 않아, 어느 날 오빠가,

"내가 좋은 사람을 찾아냈어. 그 남자라면 네 배우자로 가장 적합할 거라고 생각해. 한번 만나 보지 않을래?"라고 말했습니다.

그 사람은, 오빠의 친구이기도 하고 자타공인 조선 문학계의 제 일인자이기도 한 박영희 씨 그리고 오빠가 저를 위해서 '이 정도라면 훌륭하다'라는 보증을 하고 선택한 청년이었습니다. 평상시에 존경하던 박영희 씨와 오빠로부터 제 대답을 기다리는 편지를 받고 저는,

"그럼, 한번 만나 보겠습니다."라고 두 개의 답장을 각각 보내며 흔쾌히 응답했습니다.

드디어 그 청년과 만나는 날이 다가왔습니다. 한마디로

말하자면 '선을 본다'라고 말을 한 탓이라서 그렇지, 그것은 흔한 '선'과 같은 평범하고 형식적인 것이 아니었습니다.

만나는 장소로 정해진 곳은 오빠와 함께 박영희 씨를 처음 만난 곳으로, 그 외에도 문학적 열정으로 불타오르는 젊은 청년들만 항상 모여 격렬한 토론을 하는 박영희 씨의 서재였습니다. 저는 오빠의 안내를 받아 그 안으로 들어갔습니다.

저는 그날, 일부러 화장은 전혀 하지 않고 유분기를 완전히 지운 다음 다소 허술한 평상복 차림인 채였습니다. 긴장되어 가슴이 두근거리는 상태에서 오빠를 따라 방 안으로 들어갔습니다.

그러자 거기에 박영희 씨와 마주 앉아서 뭔가를 마치 싸우는 듯한 목소리와 눈에서는 실핏줄이 터질 것 같은 모습으로 문학에 대해 격렬한 토론을 하는 학생이 있었습니다. 그 사람이 박영희 씨와 오빠가 선택해 준 청년 '안필승'이었습니다.

그날은 늘 있는 세상 돌아가는 이야기인 잡담을 하고 헤어져 돌아왔습니다.

안필승은 '안필승'이라고 하는 이름보다도 '안막'이라는 이름으로 통용됐습니다. 나중에 이시이 선생님의 이름을 무단으로 빌려 써서 괘씸하다는 소문도 있었지만, 안막이라는 이름은 자신이 만든 이름이 아니고 집필하고 있던 신문사가 멋대로 붙여 준 '펜 네임'이었고 그 이름이 일반적으로 그를 부르는 이름이 됐습니다.

안막은 당시, 와세다 제1고등학원에 재학 중이었으나 휴가를 이용해 귀국한 상황이었습니다. 조선에서는 이미 문학의 이론적인 방면에서 상당히 이름을 알린 상태로 신문이나 잡지에도 매달 같이 글을 실었고 새로운 문학 운동을 계속해 온 청년이었습니다. 박영희 씨와 오빠와는 '이 안막이라면 제대로 된 사람이고, 네 예술도 반드시 이해해 줄 거니까.'라고 말하며 제 배우자로 골라 준 것입니다.

그러고 나서 2, 3번 오빠의 허가를 받아 저는 지정된 장소에서 안막과 만나는 사이, 엄숙한 표정으로 어려운 이야기만 열중해서 하는 그에게 점점 친밀감을 느끼게 되었습니다. 자주 읽었던 소설 속의 남자 주인공을 보듯 그 앞에 나온 저는, 마치 그 소설의 여자 주인공처럼 왠지 가슴이 설레 터무니없이 피가 용솟음치는 것을 어떻게 억누를 수 없게 되었습니다.

하지만 이렇게 그와 만나는 사이에, 우리 둘은 언제나 항상 3척에서 4척[14] 정도의 거리를 두고 정갈하게 정좌한 자세였습니다. 그리고 둘이 대화를 나눌 때 결코 달콤한 말도 입에 올리지 않고, 들뜬 상태로 알랑거리는 듯한 말도 한마디 하지 않았습니다. 딱딱하고 진지한 화제를 있는 그대로 하면서 정열을 갖고 서로 이야기를 나누었습니다.

물론 저도 진지하게 열의를 담아 이런 대화에 응답했습니다. 이야기라고 하는 것은 문학의 이야기로 시작해서, 사회 문제라든가 경제 문제 같은 이야기뿐이었고 대충 세상에서 흔히 말하는 사랑의 속삭임이라든가, 사랑의 정담이라는 것과는 극단적으로 동떨어진 것이었습니다.

대화를 나누면서 깨달았지만, 안막은 저를 이미 알고 있었습니다. 언젠가 무용가가 된 제가 경성으로 돌아와 처음 무대에서 모슈코프스키[15]의 〈세레나데〉를 독무(獨舞)했을 때, 중학생이었던 그가 제 춤을 봤다고 했고 또한 제 무사시

---

14) 90~120㎝.
15) 모리츠 모슈코프스키(Moritz Moszkowski, 1854~1925). 폴란드의 독일계 유대인 피아노 연주자이자 작곡가.

사카이 시절(연습생)에 고쿠분지(国分寺)에 있던 그는 등교할 때 자주 전차 안에서 저를 언뜻 보았다고도 말했습니다.

모르는 사이에 우리 두 사람의 마음은 서로 가까워졌습니다. 그리고 드디어 둘이 건설하고 함께 영위해 가야 하는 가정을 이루는 꿈에 대한 이야기까지 하게 되었습니다. 이는 상당히 진지하면서도 가장 현실적인 꿈 이야기였다는 것은 말할 필요도 없겠지요.

둘의 마음이 여기까지 일치했고, 신뢰하는 오빠의 권유로 이미 허락받은 둘의 관계라면 남은 문제는 오직 하나, 언제 결혼을 하느냐는 것뿐이었습니다.

하루라도 빨리 저의 결혼을 바라고 있는 아버지와 어머니는, 이 이야기는 물론 대찬성이었고 오빠 역시 사실상 우리 둘을 연결해 준 당사자였기 때문에 이 부분도 문제가 없었습니다. 누구 하나도 반대를 하며 화를 내는 사람이 있을 리 없었습니다. 그러나 모처럼 제가 무용가로서 홀로 섰는데 결혼으로 인해 제 인기가 한 번에 추락하게 되는 것은 아닌지, 이 점을 신중하고도 깊이 생각해야 한다며 단지 이런 이유로 반대하는 사람이 몇 명 나타나기 시작했습니다.

그와 같은 반대는 제 무용을 이해해 주는 정말 소중한 사람들이 조언해 준 것이므로 우선은 그 호의에는 감사한 마음이었습니다. 하지만 결혼했다고 해서 인기가 추락할 예술이라면 그것도 그 나름 어쩔 수 없는 일이라고 생각했습니다. 결혼을 통해 비로소 생명력 있게 빛나는 예술가가 되고 싶다, 그렇게 되기 위해서 가야 하는 곳이라면 어떻게든 싸워가며 가닿고 싶다는 강하고 굳은 신념이 제 안에서 불타올랐습니다. 게다가 앞서 이야기한 대로 결혼을 해서 불쾌한 이야기들로부터 완전히 해방되고, 후원자 운운하면서 아무 근거 없는 헛소문을 내는 사람들로부터 자유롭게 될 뿐만 아니라, 악덕 기자들의 참을 수 없는 모욕으로부터도 초연해지고 싶다고 생각하게 됐습니다. 그러니 결혼에 대한 저의 용기와 결심은 박차를 가하게 될 뿐이었습니다.

저의 이런 결의가 안막의 생각과도 완전히 일치해 둘은 마침내 결혼하게 됐습니다.

결혼하게 되면 부모님은 지금까지 고생시킨 딸을 위해

서라도 또한 인기를 중요하게 생각해야 하는 예술가로서라도 반드시 성대한 결혼 피로연을 거행하라고 말을 했습니다. 하지만 우리 두 사람은 그런 허례에 마음을 끌리기에는 또한 인기라고 하는 것을 염려하기에는 아직 젊고 너무 순진했습니다.

특히 안막은,

"화려한 결혼식을 할 정도로 여유가 있으면, 당신 무용을 위해서 사용하는 게 좋지 않겠어?"라고 말하며 부모님의 요청을 거절했습니다. 제 마음을 안막이 정확하게 꿰뚫어 거리낌 없이 말을 해 주었다는 생각에 이 말은 지금까지도 잊을 수가 없습니다.

수수한 양복을 입은 신랑과 간단한 스포츠 복장을 착용한 신부는 트렁크 하나 든 가벼운 상태로 석왕사[16]로 꿈처럼 달콤한 신혼여행을 떠났습니다.

일주일 예정이었던 여행이 이주일로 연장되어 일정이 바뀌었지만 경성으로 돌아왔을 때, 젊은 아내가 된 행복감으로 가슴 가득 기쁨이 넘쳤습니다.

---

16) 북한 강원도 안변군 설봉산에 있는 고려 후기에 창건된 사찰.

그것이 쇼와 7년(1932년), 제가 스무 살, 안막이 스물두 살이 된 봄이었습니다.

고난의 길

저는 물론 결혼 후에도 끝까지 무용 생활을 계속해 가고
싶다고 생각했습니다. 하지만 현실적인 문제로 가정주부
가 되어 한 가정을 돌봐야 하는 결혼 생활과 그것과는 완
전히 별개로 어떤 제약도 받지 않는 독립된 정신으로 살아
야 하는 예술이라는 것을 과연 여성의 몸으로 병행할 수
있겠는가, 라는 점을 염려할 수밖에 없었습니다.

만일 그중에서 하나를 포기해야 하는 중대한 상황에 놓
이게 된다면, '나는 미련 없이 깨끗하게 예술을 버리겠다,
예술을 버리고 가정생활을 선택해 완전히 새로운 생활을
할 것'이라고 결심했습니다.

그러나, 남편인 안막은,

"그건 비겁한 생각이야. 어떤 일이 있어도, 당신은 한번
뜻을 세운 무용 예술을 위해서 싸워 나가야 해. 나는 당신

뒤에서 할 수 있는 걸 할 거야. 다른 건 모두 잊어버리고, 무용을 위해서 앞만 보고 가 줘."

이렇게 말하며 저를 질타하는 동시에 격려해 주었습니다.

결혼 후에도 무용 생활을 계속하려고 생각을 할 때 가장 마음에 걸리는 것은 이제 결혼했으니 무용은 그만두겠지, 라고 안심을 하는 아버지의 마음을 저버린 것이었습니다. 또한 아버지가 지금까지와 마찬가지로 저를 이해해 주는 날을 기다린다고 해도, 주위 분들이 걱정한 것처럼 결혼했기 때문에 제 인기가 떨어지는 것은 아니냐는 염려도 있었습니다. 이것을 만회하는 것은 쉬운 일은 아닐 것입니다. 그러나 다행히 우리 두 사람의 결혼에 대해서는 기자들이 상당히 호의적으로 다뤄 주었고 일반 사람들에게도 결혼 전과 다름없이 지지를 받게 되어, 지금까지의 염려는 완전히 우리들의 기우였다는 것을 깨달았습니다.

남편이 학교에 가기 위해 도쿄에 가야 한다는 외로움을 참고 견디는 것 말고는, 정말로 행복하고 충실한 생활을 보냈고 평온한 날들이 이어졌지만 그런 날들은 오래 지속되지는 않았습니다. 이처럼 한바탕 몰아치는 바람도 없이 안온한 생활 속 젊은 두 사람만의 세계에 갑자기, 우리를 고난의 밑바닥 한가운데로 던져 버리며 폭풍우에 휩쓸리게 하는 일이 일어났습니다.

결혼하고 나서 정확히 3개월째의 일이었습니다. 어느 날, 안막은 별안간에 우르르 몰려 들어온 형사들의 손에 붙잡혀 갔습니다. 너무나 뜻밖의 일이어서 전혀 예상하지 못한 일에 어린 아내인 저는 그저 어찌할 바를 몰랐습니다.

남편이 붙잡혀 간 것은 남편 혼자만이 아니라, 당시 문학 청년들이 사상적 혐의로 일제히 검거되었을 때 함께 붙잡혀 간 것이었습니다. 그중에서 안막만이 무용가인 제 남편이라는 보기 드문 입장이었기 때문에 어느 신문사는 특히 안막을 제 일면에 사진까지 크게 실으며 눈에 띄게 기사를 쓰기도 했습니다. 이 사건은 하나의 센세이션을 일으킨 일이었습니다.

그러나 고초를 겪고 있는 남편을 모른 척하고 저 혼자 편안하게 지낼 수 없다고 생각해 곧바로 지인의 손을 빌려 남편의 탄원서를 받기 위해 각 방면으로 뛰어다니는 한편, 발표회 준비를 해 나갔습니다.

안막이 사상적 혐의로 구속되었다고 해도 그것은 아무런 근거 없는 혐의인 것을 제가 가장 잘 알고 있었기 때문에, 곧바로 방면되어 건강하고 빛나는 얼굴로 제 앞에 나타날 것이 틀림없다고 믿었습니다. 그것은 내일이 아닌 '오늘, 바로 지금, 여기에' 탁하고 나타날 것이라고 저는 강하게 믿고 있었습니다. 실제로는 돌아오지 않는 남편에 대한 소문을 종종 듣고 있는 사이에 절제하고 억누르고 있는 불안이 문뜩문뜩 머리를 쳐들어,

'예심(豫審)[17]으로 계속 시간을 끌고 있는 것이 틀림없어. 만약 예심으로 시간을 끈다면 3년간은 나올 수 없는 거겠지.'

툭하면 이런 걱정에 휘감겨 견딜 수가 없었습니다.

준비가 완료되어 발표회는 개최되었지만, 당연히 즐거워야 할 춤을 추고 있어도 마음속에서는 항상 어둡고 먹먹한 눈물로 젖어 있었습니다. 그러나 괴로울수록 억압받을수록 그 힘의 배가 되는 힘으로 반발하며 믿기 힘든 힘이 솟아나는 것이 인간이 지닌 강함입니다. 제 마음은 꺾이기는커녕 정반대로 투지가 넘치는 건강한 반발심으로 빛나고 있었습니다.

---

17) 일본의 (구)형사소송법에서 형사재판에 들어가기에 앞서 조사를 위한 심문으로 현재는 폐지되었다.

게다가 남편의 전신(傳信)이라며 경찰이,

'절대 걱정하지 마. 그렇게 오랫동안 구속되어 있을 리 없어. 잠깐의 고난일 뿐이야. 슬퍼서 낙담한다거나, 절망해서는 안 돼. 당신은 당신이 가야 할 길을 끝까지 힘내서 가야 해. 그래서 말인데, 조선 각 지방으로 무용 공연 여행을 떠나보는 건 어떨까 싶어.'라는 말을 전했습니다. 저는 더욱 힘을 내서 조선 각지의 무용 여행을 떠났습니다. 그리고 춤추고 다시 춤추며 온 힘을 다해 기진맥진할 때까지 춤을 췄습니다.

결혼 이후 저는 남편 안막의 영향을 크게 받아 작품에도 그것이 강하고 선명하게 나타났습니다. 예를 들면 결혼 전 다쿠보쿠와 도스토옙스키 등을 열렬히 사랑해 평소에 읊조리거나 흥얼거리던 제가, 뭔가 마음 깊은 곳 어딘가를 울리는 것을 찾아 〈인디언 라멘토〉[18]의 음악으로 처녀작을 만들고 나서, 결혼 후 이것이 시류와 보조를 맞춰 경향적으로 진보하여 〈해방된 사람〉, 〈빛을 구하는 사람〉, 〈태양을 구하는 사람〉 등 다소 의식적인 내용을 공연했으며, 그

---

18) Indian Lament. 안토닌 드보르자크(Antonín Leopold Dvořák, 1841 ~1904)의 바이올린 소나티나 G장조 2악장 라르게토(Larghetto).

것이 차차 남편의 구속 등으로 인한 저 자신의 환경 변화와 맞물려 제 작품 경향이 바뀌어 갔습니다.[19)]

무엇보다도 관객층과 가능하면 가까이 접근해 손을 마주잡는 것, 조선 관객층의 심장이 고동치는 것과 딱 합치하는 것, 거친 생활의 파도에 마구 떠밀려 터벅터벅 이민하는 무리, 그런 것에 대해 저는 격하게 공감하며 이것을 무용화해 보자는 욕망에 휘말렸습니다.

〈고향을 그리워하는 사람들〉이라는 작품은 그때의 경향을 표현한 대표적 작품이겠지요.

그러한 작품 속에 〈고난의 길〉이라는 작품도 있는데 이 작품은 도저히 잊을 수가 없습니다. 이 작품도 역시 괴로

---

19) 자서전이 집필되어 출판된 것은 1936년으로 당시 일제에 의한 '검열'이 엄연히 존재했다. 이 부분의 자서전 원서 내용에서는 검열을 피하고자 두루뭉술하게 서술하고 있지만, 남편 안막의 구속으로 인해 최승희는 식민지 조선의 현실에 눈을 뜨기 시작했다고 생각한다. 최승희가 이 시기에 공연한 〈해방된 사람〉, 〈빛을 구하는 사람〉, 〈태양을 구하는 사람〉은 제목 자체를 보더라도 '해방', '빛', '태양' 등으로 '해방'과 '광명(자유)'을 상징하고 있다. 남편의 구속과 더불어 속박된 식민지 조선을 의식해 사상적으로는 아무 말도 못 하지만, 자유롭지 못한 식민지 사회에서 예술가로서 춤을 통해 해방되고자 하는 마음을 표현했으며 최승희의 무용 방향도 이 시점을 계기로 바뀌기 시작했다고 판단된다. -역주

운 생활 끝에 살아가는 사람들의 마음을 표현한 것으로 다섯 명의 사람이 묶인 채, 어두운 방에서 발버둥치는 괴로움을 표현한 것입니다. 남편의 구속을 눈앞에서 본 저로서는 춤을 출 때마다 제 손과 발 그리고 가슴이 오들오들 떨려와 견딜 수가 없었습니다.

연이은 무용 공연으로 전국을 다녀야 했고, 남편의 처지를 생각하는 통절한 아내의 마음을 품고 안동에서 공연하고 있을 때였습니다.

연일 가슴 통증과 무용 공연의 피로로 마지막 막이 내렸을 때는 몸과 마음 모두 완전히 녹초가 됐습니다. 무거운 다리를 끌며 분장실로 들어갔더니, 바로 지금 여기에 바람처럼 달려온 모습으로 서 있는 남편이 있는 게 아니겠습니까. 저는 물밀듯 밀려오는 모든 감정을 잊은 채 그저 남편의 가슴속으로 제 온 마음과 몸을 던졌습니다.

"아, 다행이다……. 다행이야, 다행이야……."

그렇게 생각하며 손을 얼굴에 댔을 때 얼굴은 눈물로 흠뻑 젖어 있는 것을 알아차렸습니다.

제 고난의 길이 이것으로 끝을 고한 것이 아닙니다. 운명의 신은 이미 다음에 찾아올 시련을 준비 중이었습니다.

사랑하는 아이

　자유의 몸이 된 남편과 손을 맞잡고 이번에야말로 둘이 힘을 합쳐 무용의 신흥 운동을 위해서 신선한 자취를 남겨야 하지 않을까 굳게 결심한 후, 우리는 여전히 지친 몸을 채찍질하며 떨치고 일어났습니다.

　그러나 세상은 우리의 결심과는 다르게 함께해 주지 않았습니다. 지금까지 조선에서 개최한 제 무용회는 항상 성황리에 치러졌으나, 남편의 검거가 언론에 보도된 탓인지 아니면 제 무용이 이전과는 달리 어쩔 수 없이(남편의 검거로) 어두운 기분에 눌려 드라마틱한 조잡함이 가득했던 것인지, 이런 부분에서 우아미라든가 재미라는 것도 적어져 지금까지와는 달리 제 무용회 관객 수가 현저히 감소해 갔습니다. 이런 현상은 저로서는 어떻게 할 방법이 없는 하나의 큰 변화였습니다.

그뿐만이 아니라, 어떤 지방에서는 제 무용회가 사상적으로 일부분 '온건하지 않다.', 안막의 아내라는 이유인지 아니면 무용 그 자체의 내용이 지나치게 어두웠던 탓인지, 무용회 허가마저 내주지 않았습니다.

그러나 이러한 외적인 조건의 변화도 제가 생각하는 무용 예술에 대한 진심만은 흔들 수 없었습니다. 제 무용에서 사라져 간 관객 뒤에는 지금까지보다 몇 배의 열의를 갖고 (제 무용회를) 맞이하러 온 관객들도 있었기 때문입니다. 하지만 그와 같이 한결같은 사람들의 강력한 정신적 응원이 있었다고 해도, 위와 같은 외적인 조건의 변화로 인해 경제적인 면에서는 손을 쓸 수 없을 만큼 불행한 상황으로 점점 더 가라앉아 가기만 할 뿐이었습니다.

그러나 저는 제 무용에서 한 가지 강한 자부심이 있었습니다. 제가 공연해 온 무용은 '민중의 지지로 성립된 무용이고, 그것은 자신이 속해 있는 생활에 가장 바람직하게 적응하는 것이며, 이와 같은 무용이야말로 진정 올바른 예술인의 방향이다.'라고 생각했기 때문에 저는 자신만만했습니다. 이제 와서 생각해 보니 무용의 완성도에서 보면

유치한 발상의 극치이기도 했고, 제 자부심이라는 것도 하나의 초심으로 자기만족이며 외적인 변화에 대해 스스로 합리화한 해석이었다고 생각합니다. 그러나 지금도 그때의 관객이 제 무용과 함께 감격하고 흥분하고 뜨거운 성원을 보내 준 분위기를 상기해 보면 가슴 벅차게 그리워지기도 합니다.

무용에 대한 제 열정이 불타오르는 것과는 정반대로 경제적 궁핍은 점점 그 정도를 더해만 갔습니다. 그래도 안막의 집, 즉 시댁에서 얼마간의 부조와 오빠의 호의로 그런대로 체면만은 전과 같이 지킬 수 있었는데 그사이에 제가 임신한 것을 알게 됐습니다.

결혼을 한 이상 임신을 한 것에 아무런 거부감도 없었습니다. 당연한 일이었지만 저로서는 너무 이른 임신이라 두려워했던 일이 오고야 말았구나, 라고 생각하게 됐습니다. 정상적으로 결혼한 여성에게 임신은 무엇보다 기쁜 일 중의 하나인 것이 분명한 것인데, 저는 무용 예술의 투사라고 스스로 강하게 생각하는 여성이라서 그런지 임신했다는 사실에 상당히 놀랐습니다. 게다가 한층 더해 남편은 그 겨울, 학년 시험을 봐야만 하는 상황이라 도쿄로 돌아가야 했습니다.

임신해서 사랑하는 아기를 뱃속에 품은 이상, 지금까지 경제적인 어려움을 겪으면서도 계속 이어온 '신 연구소'를 해산해야 하는 것은 아닌지 하는 것이 제 가장 큰 관심사가 됐습니다. 그때 저에게 무용은 이미 떼려야 뗄 수 없는 밀접한 생활 그 자체가 됐습니다. 그런 것을 이제 와서, 지금까지 온갖 어려움이 겹쳐 왔어도 사력을 다해 그 순간들을 지나 버려 온 연구소를 해산하는 결심까지는 도저히 할 수 없었습니다.

귀하고 소중한 연구소 해산이라는 참을 수 없는 생각들이 저를 몰아붙여, 임신 7개월이었던 몸을 간신히 일으켜 세워 경성에서 발표회를 열고 춤을 췄습니다. 그것은 경성에서 개최한 제 다섯 번째 발표회였습니다. 태아가 어떻게 될까, 만일의 사태가 발생한다고 해도 그것은 어쩔 수 없는 일이다, 라고 제 무용에 대한 열정이, 어떤 일이 일어나도 감당하겠다는 각오까지 하게 했습니다. 저로서는 무용으로 사는 여자가 임신 때문에 무용을 하지 않겠다고 하는 건 도저히 울화가 나서 견딜 수가 없는 일이었습니다.

그러나 열다섯 명이나 되는 연구생 제자를 데리고 망연자실해하며 어쩌지 못하고 있었고, 그보다도 곤란했던 것은 점점 더 제 출산 일이 닥쳐왔다는 것이었습니다.

다행하게도 무사히 출산을 마칠 수 있었고, 태어난 아기
는 여자아이였습니다. 곤궁하고 어려운 상황에서 자라며,
엄마 젖을 먹기를 원하는 아기에게 젖을 줄 생각은 하지
못하고 저는 몸도 마음도 완전히 지쳐 버려 깡말라 가기만
했던 엄마였습니다. 게다가 엄마가 알아야 하는 지식을 전
혀 몰랐던 저는 위와 같은 실수를 할 정도로 아기에게는
나쁜 엄마였습니다.

저는 아기가 엄마의 유두를 물기만 하면 자연히 젖이 나
오는 것이라고만 생각했습니다. 그런데 웬일인지 아기는
매일매일 말라서 여위어 가기만 하고 얼굴색에도 전혀 생
기가 없었습니다. 엄마인 저는 물론 마음이 마음이 아니라
서 왜 이렇게 말라 가기만 하는 것인지, 운명은 어디까지
우리를 괴롭히며 궁지로 몰아넣으려고 하는 것인지, 라며
하늘을 원망하기까지 하니 시어머니께서 걱정하며,

"대체 네 젖이 나오기는 하는 것이더냐?"

라고 의심 가득한 눈초리로 저를 바라봤기 때문에, 처음
으로 놀라고 당황해서 의사의 진찰을 받으니 탈진할 정도

로 지친 제 몸에서는 젖이 전혀 나오지 않게 됐다는 것을 알게 됐습니다.

아기에게는 승자(勝子)라는 이름을 지어 주었습니다. 이런 여러 가지 고난을 아무것도 모르고 뱃속에서부터 고통받으며 태어난 승자가 건강하게 무럭무럭 자랄 수 있었다는 사실 하나만으로도 저는 진심으로 감사한 마음이었습니다. 특히 제가 힘든 생활과 무용가로서의 무거운 짐으로 지쳐 나가떨어진다고 말하면서도 승자에게는 정말 나쁜 엄마라는 걸 아프게 느끼고 있을 때, 현재 포동포동 살이 올라 건강하게 장난을 치고 있는 모습을 보고 있으면 정말 뭐라고 할 수 없는 사랑스러운 감정이 제 마음에 가득 들어찼습니다.

그러나 불행은 아직 저를 놓아 주려고 하지 않았습니다.

산후 육체적인 피로와 정신적인 고뇌가 원인으로, 저는 중증의 늑막염을 앓게 되어 생사의 경계를 오랫동안 넘나드는 시련을 겪게 됐습니다.

병을 치료한 뒤 다시 연구소로 돌아와 무용으로의 재출발을 결심했을 때, 도대체 저는 앞으로 어떻게 살길을 헤쳐 나가야 하는지 방황할 수밖에 없었습니다.

다시 도쿄로

도쿄를 떠나 3년간, 경제적으로는 어려웠지만 저는 무용가로서 저 나름 실로 의미 깊은 생활을 계속했으며 새로운 무용 예술의 길을 개척해 왔습니다. 게다가 보다 숙련되어 갔습니다.

하지만 여러 가지 생활의 변화를 거치며 여러 방면으로 반성해 보는 기회가 많아져서인지, 제 예술이 어딘가 막다른 곳에 다다른 것은 아닌가 하는 번민에 부딪히는 경우가 거듭 일어나게 됐습니다. 그리고,

'다시 한번 도쿄에 가 보고 싶어. 3년 동안 자리를 비운 사이에 나날이 발전해 가는 도쿄의 무용계가 얼마나 진보했을지 모르겠어. 지금 여기에서 꽉 막혀 있는 상황을 느끼면서도 가만히 있게 되면 되돌릴 수 없는 곳까지 갈지도 몰라. 가자, 도쿄로! 남편이 있는 도쿄로!'라고 저는 생각했

습니다.

　도쿄에 간다고 말은 해도 실제로는 그렇게 간단히 갈 수 있는 것이 아니었습니다. 성공에 대한 아무런 계산 없이 도쿄에 간다고 해도 무용가가 많은 도쿄에서 제가 훌륭하게 생활해 가는 건 대단히 어려운 일이라는 것쯤은 이미 도쿄에서 생활해 본 저로서는 너무나 잘 알고 있는 사실이기 때문이었습니다.

　저의 이런 마음을 잘 알고 있는 남편 안막은 도쿄에서 공부하고 있는 중에도 끊임없이 제 도쿄 진출 기회를 엿보며 연구했습니다. 어느 때인가 이런 내용의 편지를 써서 보내 주었습니다.

　"나는 도쿄에 와서 온갖 무용회에 가 보고 출연한 무용가의 무용을 신중히 관찰하는 한편, 손에 넣을 수 있는 한 무용 관계 서적을 샅샅이 읽어 보고 있어. 그 결과를 종합해 보면 당신 예술은 결코 도쿄의 무용가와 비교해서 떨어지는 것이 아니라는 확신을 얻을 수 있었어. 도쿄에 오는 게 좋아. 도쿄에 오면 당신만의 예술과 열정으로 충분히 이겨 내며 지낼 수 있어. 다음 편지까지는 구체적인 계획을 세워 볼 테니까 기대하며 기다려 줘……."

라는 내용이었습니다.

그리고 남편은 저를 위해서 여러 가지 계획을 설계해 주었습니다. 이건 나중에서야 듣게 된 일이지만, 도쿄에서 학생인 안막은 어느 일류 신문사에 찾아가 제 예술의 전체적인 내용을 아주 자세하게 이야기하며 '무용회를 열어 주지 않겠는가, 비용은 전부 우리 쪽에서 부담하겠으니…….' 라는 교섭을 했지만 물론 이는 받아들여지지 않았습니다.

경성에서야 사람들에게 잘 알려진 인물이지만, 도쿄에서 안막은 그저 평범한 학생에 지나지 않았습니다.

"이때만큼 나 자신의 무력함을 절실하게 느낀 적이 없었다."

라고 나중에서야 안막은 말했습니다.

이보다 먼저, 제가 아직 임신 중이었을 때 이시이 선생님 일행이 경성에 온 적이 있었습니다.

제 꼴이 지금은 이 모양이더라도, 명색이 '무용 연구소'를 경영하며 그 어떤 유혹에도 넘어가지 않고 어려운 날들을 극복해 왔습니다. 순정한 예술에 대한 욕망으로 일하며 오로지 순수 무용을 위해 어려움을 돌파해 나갔습니다. 이시이 선생님의 제자로서 한순간도 잊지 않고 선생님의 명예를 더럽히는 일이 없도록 살아왔습니다. 스승을 존경하고 저 자신을 채찍질하는 마음으로 지금껏 끝까지 버티며 온 길이었기 때문에, 혹 잠시 선생님과 마음의 거리가 있었다고 해도 이시이 선생님을 만나 뵙고 싶었습니다.

다행히 그때는 〈경성일보〉의 데라다[20] 씨가 이시이 선생님 일행과 직접 교섭을 해서,

"이번에는 이시이 선생님이 만나고 싶다고 하는데 어떤가?"라는 말씀이 있었습니다. 저는 얼마 되지 않는 물건을 전당포에 맡겨 돈을 마련한 뒤 환영 준비를 하고 선생님을 만나 뵈었습니다. 실로 3년 만이었습니다.

선생님은 지금까지 맺힌 감정을 버리고 여러 가지 고난에 처해 있는 저를 위로해 주었습니다. 제가 도쿄에 가는 것에 대해 선생님도 정확히 '와라.'라고는 말씀하지 않았습니다. 저로서도 이제 와서 부탁할 수도 없었고 '한 번 떠난 선생님 곁에 다시 들어간다.'라는 말도 듣기 싫었습니다. 그러나 우선은 부탁을 드려 보자는 마음으로 말씀을

---

20) 데라다 도시오(寺田壽夫). 〈경성일보〉 학예부장.

드리니,

"오는 것이야 물론 괜찮지만, 나는 네 모녀 둘의 생활까지는 책임을 질 수 없다."

라고 당연한 말씀을 했습니다.

그사이에 남편 안막은 도쿄에서 계획한 일이 완전히 실패했기 때문에 경성으로 맥없이 돌아왔습니다. 하지만 그는 결코 희망을 버린 것이 아니었습니다. '갈 수 없는 것이 아니야, 때가 될 때까지 기다리는 거야.'라고 말했지만 저는 단념했습니다.

그리고 결국 연구소를 해산하게 됐습니다. 연구생들은 누구나 긴 머리였지만 무용가가 되기 위해서 단발로 지냈습니다. 고락을 함께하며 3년 동안 함께 생활한 연구소를 해산하는 슬픔에 모두 손을 마주잡고 소리를 내며 울고 말았습니다.

힘이 넘치던 제 마음도 잠시 맥없이 무너지면서 눈물은 멈추지 않고 흘러내리기만 했습니다.

연구소를 접고 나서 저는 두 달간 시골에 있는 시댁에서 보내게 되어 안막은 다시 도쿄로 떠나게 됐습니다. 그때,

"어쨌든 끈기 있게 도쿄로 가는 시기를 기다려 보자. 나는 도쿄에 가지만 반드시 당신을 데리러 올 거야."라고 말했으나 저는 반대했습니다.

'가족 세 명이 살아갈 아무런 방법도 없이 도쿄에 가면, 결국 남편의 학비만으로도 감당이 어려운 상황에서 겨우 근근이 생활하게 될 것이다. 그럴 바에야 가지 않는 것을 선택하는 것은 어쩔 수 없는 일이다. 학비를 내지 못한다는 것은, 학비로 생활비를 써야 하니 남편은 나 때문에 학교에 갈 수 없게 될 거고 그것은 여성으로서 아내로서 견딜 수 없는 일이다. 도쿄는 확실히 가고 싶다. 그러나 남편의 앞길을 막으면서까지 도쿄에 가고 싶지 않다.'라는 것이 제가 반대하는 이유였습니다.

그러나 안막은 결코 제 말을 안중에도 두지 않았습니다. 도쿄에 가서는 곧바로 이시이 선생님을 찾아가 우리 가족 셋이 살아갈 방법을 부탁드렸지만, 그것은 여러 가지 사정으로 인해 어려운 일이 되었습니다. 그래서 그가 생각한 것은,

"일단 도쿄로 와서 어떻게든 방법을 생각해 보자."라고 말하며 제 도쿄행을 몹시 재촉했습니다. 그러나 저는,

"생활에 대한 보증 없이는 도쿄로 갈 수 없어."라고 강경하게 버렸습니다. 온갖 방법을 다해도 소용이 없자 안막은,

"이시이 선생님이 매달 100엔[21]을 생활비로 주신다는 보증이 결정됐으니까 빨리 와."

라고 말을 했습니다. 하지만 이것은 완전히 안막이 꾸며낸 거짓말이었습니다. 거짓말이라는 걸 몰랐던 저는 안심해서 곧바로 떠날 준비를 했습니다.

나중에 들은 이야기지만 안막은 이런 거짓말 편지를 보낸 한편, 제 여비를 마련하기 위해 온갖 수단을 다 동원해 동분서주했다고 합니다.

남편의 말을 의지하며 저는 마음을 다잡고 다시 도쿄로 떠날 결심을 했습니다. 시골의 시댁에서 도쿄로 가는 준비를 하기 위해 경성으로 돌아와 드디어 출발하려고 했을 때, 얄궂게도 저는 급성 늑막염에 걸려 입원하는 신세가 됐습니다. 임신, 연구소 해산, 그 외 여러 가지 정신적·물질적 고생에서 온 병이었겠지요. 그리고 결국 도쿄행은 그러고 나서 반년 후에야 실행하게 됐습니다. 연구생 중 한

---

21) 현재 가치로 약 60만 원 정도 되는 돈이다.

명으로 제 곁에서 '어떤 고난이 있어도 좋아요.'라고 말하며 따라온 와카쿠사 도시코(若草敏子)와 사랑하는 아기 승자 그리고 제가 함께, 되든 안 되든 운명을 걸고 경성을 떠났습니다.

그것이 쇼와 8년(1933년) 3월 초, 저는 스물두 살이 되는 해였습니다.

데뷔하기까지

도쿄에 가는데 초라한 복장으로 가는 것은 아무리 생각해도 보기 흉하므로 우리는 도쿄역에서 내리지 않고 시나가와역에서 하차했습니다.

잊을 수도 없는 3월 4일이었고 눈이 몹시 내리는 엄청 추운 날이었습니다. 시나가와역에 도착한 우리는 변변치 않은 조선 옷 위에 아무렇게나 외투를 걸쳐 입은 상태였습니다. 승자를 업고 있는 저와 제자 와카쿠사 도시코가 기운 없이 서 있는 모습을 보고 마중 나온 안막조차도,

"아, 이 사람이 화려한 무대에서 눈부신 각광을 받던 여자란 말인가."

라고 한탄하던 일은 지금까지도 추억담의 하나가 될 정도로 당시에는 말 그대로 비참한 모습 그 자체였습니다.

눈이 내렸고 눈을 맞으며 우리는 안막의 하숙집으로 갔

습니다. 그리고 거기서,

"이시이 선생님의 양해를 얻었다는 건, 내가 당신을 도쿄로 오게 하려는 일념으로 꾸며낸 거짓말이야."

라고 처음 듣게 됐습니다. 저는 화를 내도 좋은 것인지, 저를 생각하는 속 깊은 남편의 심정을 헤아려 살피는 것이 좋은 것인지, 뭐라고 말할 수 없는 마음이 되어 아연실색했습니다. 가만히 앉아만 있을 수 없었기 때문에 그 길로 곧장 이시이 선생님이 있는 곳으로 찾아갔습니다.

선생님은 기분 좋게 저를 맞이해 주셨고, 여러 가지 따뜻한 말씀을 해 주셨습니다. 그리고 마침내 제가 선생님 그늘에서 다시 한번 신세를 지는 것으로 결정이 됐습니다. 신세를 진다고 해도 생활까지 돌봐 주는 것은 아니었습니다. 이시이 무용 연구소 부근에 오노 펌프 가게(大野ポンプ屋)의 2층, 다다미 4장 반과 3장짜리 방을 빌려 여기에서 4명이 자취 생활을 꾸려 나가기로 했습니다.

그러고 나서 다시 이시이 선생님의 문하에서 제 무용 생활이 시작되었으나, 안막의 고향에서 받은 학비 외에는 한 푼의 수입이라는 것이 없는 상황에 그 안에서 4명의 생활비를 감당하는 것은 아무래도 무리였습니다.

이시이 선생님의 사모님은 우리들의 고통스러움을 보다 못해, 쌀이라든가 숯 같은 것을 가져다 주며 돌봐 주었습니다. 이시이 선생님 댁도 결코 넉넉한 생활은 아니었는데도 불구하고 마음 써 준 이시이 선생님의 사모님에게 깊은 정을 느끼며 저는 감사한 마음에 그저 눈물만 흘릴 뿐 어쩌지 못할 때가 자주 있었습니다.

제가 하고 싶은 대로 행동하며 한 번 선생님께 등을 돌린 저를 이렇게까지 사랑해 줄 수 있는지 생각하면 아무리 감사 말씀을 올려도 부족한 마음이 가득했습니다.

제 제자라고는 해도 어린 도시코에게 아기 기저귀라든지 남편의 속옷까지 빨개할 수는 없어 제가 한 대야씩 빨고 나서 연구소에 갔습니다. 연구소에서 격렬한 연습에 완전히 지쳐 집으로 돌아와도 아직 젖먹이인 승자가 있었습니다. 모유를 먹을 수 없어서였는지 승자는 다른 아기들의 두 배나 신경질적인 아기로, 금방 감기에 걸리고 열을 냈습니다. 게다가 매일 밤 우유를 데우거나 기저귀를 갈거나 해야 했습니다.

이시이 선생님 문하생 중 돌아가신 이시이 에이코(榮子)

씨, 이시이 미에코(美笑子) 씨가 남의 집 2층을 빌려 살고 있는 가난한 우리 집에 직접 찾아온 적도 있습니다. 기저귀라도 보탬이 되라고 말하며 유서 있는 유카타와 여러 가지 물건을 건네는, 정이 넘치는 마음에 절절하게 감사함을 느꼈던 것도 이즈음이었습니다.

선생님 부부의 친절한 배려는 사무치게 감사한 마음이었습니다. 하지만 저는 어쨌든 이시이 선생님의 연구소에서 한 번 나갔다가 돌아온 입장이었기 때문에, 연구소 측에서 보면 3년간이나 자리를 비웠다가 갑자기 들이닥친 '침입자' 같은 사람이었습니다. 그래서 연구소 분들과 한동안은 원만하지 못한 점이 있었던 것도 어쩔 수 없는 일이었습니다. 저는 매일 연구소에서 정말 심하게 재미없고 따분한 마음 상태로 지내야 했습니다. 하지만 이러한 상황이 제 마음을 위축시키는 대신 오히려 박차를 가하게 해 반발심을 불러일으켰고, 하루라도 빨리 좋은 무용가가 되고 싶다는 염원이 강해지는 계기가 되기도 했습니다.

생활은 여전히 어렵기만 했으며 제자인 와카쿠사 도시코도 저로 인해 많은 고생을 했습니다. 잠옷 차림 같은 옷에 게다를 신고 야채 가게나 술집에 20전, 30전[22]을 빌려야 하는 상황이 됐습니다. 그렇게 해서 얻은 감자나 양파를 도시코와 둘이서 울고 싶은 마음으로 서로 헤아리고 참으면서 같이 먹었던 일이 한두 번이 아니었습니다. 제가 집에 없을 때는 도시코가 신경질적이고 몸도 약한 승자를 돌봐 줘야 했습니다.

그사이에 이시이 선생님의 호의로 자유학원[23]에 다니는 학생을 맡아 가르치게 되고 나서는 매월 20엔[24]의 수입이 생기게 됐습니다. 그래도 편한 생활을 하는 데까지 이르렀다고는 할 수 없었습니다. 조금이라도 여유가 생기면 남편 안막의 부족한 학비를 채우지 않고서는 아무래도 저는 마음을 놓을 수 없는 성격이었습니다.

저는 이러한 각오가 있었기 때문에 아무리 초라한 옷차림을 하고 있어도 아무렇지 않았습니다. 그러나 잠옷 같은 차림으로 외출하려고 하면 항상,

"선생님, 그래서는 안 됩니다. 인기에 지장이 있으니 부

---

22) 현재 가치로 약 1,200원~1,800원 정도 되는 돈이다.
23) 자유학원(自由学園). 1921년에 설립된 일본의 학교 법인.
24) 현재 가치로 약 120,000원 정도 되는 돈이다.

디 그런 모습만은 어떻게 좀 해 주세요."

라고 주의를 시킨 것이 도시코입니다.

어딘가에 출연하게 되었어도 갓난아기인 승자를 분장실로 데리고 가야 했습니다. 무대에 서 있어도,

'시끄러운 분장실에서 잠을 깬 승자가 울고 있는 것은 아닐까, 얌전하게 있어 주면 좋을 텐데.'라고 생각하면 쭉 뻗은 다리가 저도 모르게 쪼그라드는 느낌이 들었습니다.

이시이 선생님의 일행이 지방 순회공연을 하게 되었지만 저는 아기가 있었기 때문에 연구소 분들에게 짐이 되는 것이 두려워 공연을 사양해야 했습니다. 일행과 함께 공연하지 못하면 매일 배고픔과 싸워야 했습니다.

이처럼 가난에 허덕이는 날들과 싸워 왔지만 이름이나마 저 자신의 연구소를 갖게 된 지금에서 보면, 겨우 3년 전의 이야기로 제가 얼마나 극심한 상황 변화를 겪었는지 절절하게 느낄 수밖에 없습니다.

그동안에 최초로 발표한 것이 사라사테[25]의 〈스페인 무곡(舞曲)〉에 영향을 받아 만든 듀엣 〈희망을 품고〉이고, 이어

---

25) 파블로 데 사라사테(Pablo de Sarasate, 1844~1908). 스페인의 바이올린 연주자이자 작곡가. 19세기 가장 뛰어난 바이올리니스트 가운데 한 사람.

서 만든 것이 조선 고전에 따른 조선 고유의 산육악광모[26]를 쓰고 춤추는 〈에헤야 노아라〉입니다. 어느 쪽이나 이시이 선생님의 신작 발표회에서 처음으로 발표하고 다행히 호평을 얻었습니다.

특히 〈에헤야 노아라〉는 이 해에, 가와바타 야스나리[27] 선생님의 인정을 받게 되어 저는 엄청난 기쁨과 확신을 얻었습니다. 이것이 저를 오늘날까지 앞뒤 가리지 않고 확신에 차, 조선풍의 무용 세계에 돌진해 갈 수 있는 계기를 만들어 준 것이라고 해도 과언이 아니겠지요.

---

26) 산육악광모(山育鍔廣帽). 조선 시대 성인 남자가 머리에 쓰던 관모, 일종의 '갓'이다. -역주
27) 가와바타 야스나리(川端康成, 1899~1972). 일본의 대표적인 소설가로 1968년 일본인 최초로 노벨문학상을 수상했다.

데뷔

이시이 선생님의 문하에 있으면서 선생님의 여동생이기도 한 지금은 돌아가신 이시이 에이코 씨가 제1회 발표회를 개최했습니다. 그 결과는 상당히 호평이었고 에이코 씨는 안무가로서의 재능을 일반 사람들로부터 높이 인정받게 되었습니다. 이 발표회는 지금까지 침체된 무용계의 공기를 밀어내고 신인 무용가가 연이어 등장하게 될 것 같은 뭔가 신선하고 발랄한 분위기가 조성되는 계기가 되었습니다.

가난과 싸우면서도 저 자신의 예술 창작을 연구하기 위해 매일 불타오를 것 같은 야심과 열정으로 터질 듯했는데, 제가 왜 이런 분위기에 둔감했을까요?

'나도 발표회를 열어 보자. 성공이냐 실패냐는 나중 문제고, 우선은 나 자신의 예술을 세계에 자세히 알리고 사회

의 평가를 목표로 전력을 다해 이겨내 보자.'

이렇게 결심하자 이미 제 마음은 애가 타서 작품 발표회를 열고 싶어 가만히 앉아 있을 수 없게 됐습니다.

"어떨까? 내가 독립 발표회를 해 보는 거 말이야."

"해 봐. 이시이 선생님께 잘 부탁드려서 허락을 받고 곧바로 준비하면 되지 않겠어? 전혀 경제적인 신세를 지지 않도록 내가 할 수 있는 모든 노력을 하면서 여기저기 뛰어다녀 볼게."

남편과 저의 굳은 결의가 기분 좋게 일치했습니다. 그래서 곧바로 이시이 선생님의 허락을 받으러 가서 말씀을 드리니 선생님도 흔쾌히 허락해 주었기 때문에 저는 한시름 놓게 됐습니다.

무엇보다도 먼저 작품을 창작하는 일에 온 마음을 다했지만, 쇼와 9년(1934년) 가을 시즌이 가까이 다가올 무렵에는 가장 난관인 군자금 조달이라는 고개를 돌파해야 했습니다.

"운명을 걸고 해 보는 거야. 모든 걸 버리고 죽을 각오로 발표회에 임해야 하지 않겠어?"

남편의 이런 각오에 격려를 받으며 저는 안막의 양복과

시계부터, 딱 하나 마지막까지 남은 결혼반지에 이르기까지 대충 돈이 될 거 같은 것은 전부 팔아치웠습니다. 하지만 그렇게 해서 만들어진 돈은 겨우 50엔, 이걸로는 도저히 할 수가 없었습니다. 다행히 안막의 등록금으로 고향에서 송금해 준 100엔을 큰마음 먹고 개최 비용에 더해 합이 150엔, 이 돈이 우리가 바닥을 긁어 만들어 낸 무엇과도 바꿀 수 없을 만큼 귀한 공연회 비용이었습니다.

안막이 공연회장을 찾아보니 적당한 장소는 시즌이라 어느 곳이나 전부 예약이 끝난 상태였습니다. 그 와중에 겨우 일본청년관(日本青年館)을 예약할 수 있었습니다. 안막과 저는 둘이서 일을 나누어 생각이 나는 모든 사람을 찾아다니며 부탁해서 표를 팔거나, 선전용 사진을 찍거나, 제가 직접 나가 포스터 협력 광고를 따내 찍고 오거나 했습니다. 밤은 밤대로 와카쿠사 도시코와 함께 승자를 돌보면서 의상을 만들거나, 안무 연습을 하거나 해야 했습니다.

어느 때는 전차비조차도 없어서 주린 배를 움켜잡고 돌아다니며 쓰러질 뻔한 적도 있었습니다. 무용 연습을 할 때도 손안에 쥔 돈이 없으니 피아노 반주자를 구할 수 없어 음악 없이 연습하면 무용이 생각한 대로 진척이 되지 않았습니다. 또한 제 발표회로 인해 연구소 주위 사람들의 분위기 변화를 느꼈으면서도, 완전히 지친 몸을 저 스스로 다독이며 바쁜 날들 속에 하루에 한 번은 꼭 무용 연습을 했습니다.

이 시련과 고난도 오로지 '제1회 작품 발표회' 개최라는 희망에 부풀어올라 있었기 때문에 견딜 수 있었던 것으로, 지금에 와서 생각해 보면 어떻게 그렇게까지 힘을 쥐어짜낼 수 있었는지 저로서도 불가사의한 일입니다.

사회적인 평가의 도마 위에 저 스스로 올려 놓는 운명의 날, 9월 20일이 드디어 찾아왔습니다. 아침에 저는 이상한 소리에 깜짝 놀라 잠자리에서 벌떡 일어났습니다. 그 소리는 엄청난 폭풍우 소리였습니다.

요 며칠을 선전한다고, 표를 판다고, 의상을 만든다고, 창작에 뜬눈으로 밤을 보내며 힘든 날들을 보내고 겨우 발표회 개최까지 왔는데, 이날이야말로 화창한 날씨이길 간절히 바랐습니다. 자리에서 일어나 보니 바람은 점차 세차게 불기만 했고 비까지 뒤섞여 내리기 시작했습니다. 라디오에서는 오사카의 풍수해 참상을 계속 보도하고 있었습니다. 도쿄도 그 여파를 받아 이렇게 거친 날씨겠지, 안막도 저도 그저 서로 얼굴을 바라본 채 침묵하고 있었습니다.

공연회 장소도 비가 오는 날에는 특히 불편한 신궁 외원(神宮外苑)[28]의 일본청년관입니다. 이 폭풍을 뚫고 누가 제 무용을 보러 와 줄까요? 시나노마치(信濃町)의 소선(省線)[29]에서 내려 걷기 시작했지만 우산을 받칠 수도 없을 정도로 심한 비가 쏟아져 내렸습니다. 우리는 갓난아기를 방수용 기름종이로 감싸고 비바람을 그대로 맞으면서 공연장에 겨우 도착했습니다.

"여보, 이거 봐봐!"

안막의 말에 흠뻑 젖은 얼굴을 손으로 닦고 입구를 보니 3, 40명 정도의 사람들이 입구에서 개장을 기다리고 있는 것이 아니겠습니까.

"감사한 일이야."

기다리고 있는 분들께 절을 하고 싶을 정도로 감격해 가슴이 벅차올라 저는 분장실로 뛰어들어갔습니다.

'이런 폭풍우 속을 뚫고 온 나의 관객, 이 사람들을 위해

---

28) 메이지 신궁. 일본 도쿄도 시부야구 요요기에 있는 신사.
29) 민영화 이전 철도성·운수성이 관리하고 있던 시절에 부르던 철도선 이름.

서는 목숨을 바쳐 혼신을 다해 춤을 추자.'

그렇게 생각하는 제 마음은 밝게 빛나며 힘차게 무대에 올라 춤을 추기 시작했습니다. 그리고 그 이후는 아무것도 생각하지 말고 오로지 춤을 추면 되는 겁니다. 제 생명인 무용에 마음과 몸을 던져 놓고 그대로 춤을 추면 그만인 것입니다.

저는 춤추었습니다. 마음껏 춤추었습니다.

예상외로 성황리에 공연이 끝나고, 게다가 평가도 모두 호평이었습니다. 특히 무용 비평가인 미츠요시 나츠야[30] 선생님이 격찬해 주었던 일은 지금까지도 잊을 수 없습니다.

저는 이때 처음으로,

"목숨을 걸고서까지 단행한 내 발표회 개최는 폭거가 아니었어."

라는 것을 깨달았습니다.

이시이 선생님으로부터 무용에 대한 눈을 뜨게 됐고, 부모님의 자애와 오빠의 격려 그리고 남편의 협조…… 이런

---

30) 미츠요시 나츠야(光吉夏彌, 1904~1989). 일본의 번역가이자 그림책 연구가이며 무용평론가.

분들 덕분에 제가 여기까지 올 수 있었던 것입니다.

"그렇다, 내 생활은 이제부터 시작하는 거다!"

저는 드디어 앞날에 밝은 광명이 보이기 시작한다고 느꼈습니다. 그렇더라도 상당히 긴 시간 동안 고통스럽고 깜깜한 길을 잘 버텨내며 걸어온 날들이었습니다.

독립

제1회 발표회가 성공리에 끝나고 나서 조금씩 저에게 출연 요청이 들어오기 시작했습니다. 그러나 선생님 문하에서 저와 자매처럼 지내는 사람들을 제쳐 놓고 저만 여기저기 출연할 수도 없는 일이었습니다. 출연 요청이 저에게 직접 와서 다른 사람들에게 알리지 않으면 됐으나, 그렇다고 우리 네 사람의 생계가 결코 편한 것은 아니었습니다. 게다가 남편은 앞으로 1년 후에 와세다대학을 졸업하게 됩니다. 그런 상황에 저는 어떻게 하면 좋을지 판단이 서지 않는 딜레마에 빠졌습니다.

그사이에 여러 가지 제안이 들어왔는데 그중에 영화 출연 이야기가 있었습니다. 경성에서 데이코쿠키네마[31] 영화에 출

---

31) 데이코쿠키네마(帝国キネマ)는 일본 영화 회사이다.

연해 보지 않겠는가, 라는 제안이 들어왔습니다. 영화 이
야기는 4, 5년 전부터 있었던 이야기였습니다. 이시이 선
생님의 문하를 떠나 경성으로 돌아온 직후, 어느 유명한
도쿄의 매니저로부터 월급 300엔을 줄 테니 꼭 데이코쿠
키네마에 들어와 달라는 제안을 받아 적잖이 유혹을 느꼈
지만, 영화에는 왠지 출연하고 싶지 않았습니다.

이런 저의 마음이 영화 출연 제의를 거절했고, 그 뒤에
그 매니저가 안막과 도쿄에서 만났을 때,

"나는 지금까지 오랫동안 예술가를 다뤄왔어. 생각해 보
니 지금 인기를 끌고 있는 유명한 예술가는 모두 예외 없
이 기회를 잡으려고 노리고 있는 인간뿐이야. 사람에게 절
호의 찬스라는, 진짜 기회는 단 한 번밖에 오지 않는다고."

라고 말하며 제가 영화 출연을 거절한 것에 매니저가 실
망감을 표현하자, 안막은 경성에서 어렵게 살던 것처럼,
영화 일을 거절하면서 여러가지로 힘든 상황에 놓였다는
것을 실감했다고 합니다.

그러나 '이 기회를 잡아야 한다.'라는 말이 저를 고민하
게 했습니다. '지금 나는 성장하려고 한다. 이 기세를 발판
으로 삼아 쭉쭉 뻗어 나가야 한다.'라고 저는 생각했습니

다. 그렇게 생각하면 할수록 이시이 선생님의 문하에 이름을 올려놓은 저로서는, 저를 둘러싸고 있는 주위와의 사이가 점점 더 심하게 어긋하기 시작했으며 언제부터인가 그런 관계 속에서 상당히 어색한 분위기가 형성됐습니다.

그런 와중에 이시이 선생님 일행과 함께 조선으로 무용여행을 떠나게 됐습니다. 이때에도 어느 정도 심적인 불편함이 있었지만 그런 일들은 사소한 일이었기 때문에 문제가 되지는 않았습니다. 정작 곤란한 것은 점점 더 심해지며 목을 조여오는 생계였습니다. 이런 집안 형편에도 불구하고 제2회 발표회를 개최해야 했으나 계획이 전혀 잡히지 않았습니다.

그런 상황이었지만 다행히 운 좋게 저는 언론에 자주 거론되는 일이 많았습니다. '이 기회를 어떻게든 잡아야 한다. 내예술의 진전을 위해서는 어떻게 해서든 얼마간의 기반이 있어야 한다.' 이와 같은 마음이 점점 박차를 가하게 됐습니다.

쇼와 10년(1935년)의 봄이었습니다. 신코키네마[32]에서

---

32) 신코키네마(新興キネマ)는 데이코쿠키네마의 후신으로 1931년 설립된 일본 영화 회사이다.

무용 영화를 찍어 보지 않겠는가, 하는 제안이 들어왔습니다. 저는 영화의 세계에 들어오라는 권유를 경성 시절부터 몇 번 받았지만 이러한 제안에 대해서는 전부 일언지하에 거절했습니다. 그러나 이번처럼 무용 영화를 만든다는 것에 대해서는 상당한 매력을 느꼈습니다.

저는 저 자신의 용모에는 자신이 없습니다. 또한 영화배우로서는 전혀 생소한 입장이기 때문에 아무리 힘을 내서 해 본다고 해도 결국은 좋은 성적을 거둘 리가 없었습니다. 게다가 유성 영화가 되어 제 대사 처리는 말할 것도 없이 엉망진창이었습니다. 이러한 여러 가지 악조건을 이겨내고 대담하게도 영화를 찍을 정도로 저 자신을 모를 제가 아니었지만 '무용 영화'라는 말은 확실히 저를 자극해 동요하게 만들기에는 충분했습니다. 그래서 신코키네마 쪽에도

"여러 가지를 논의 중이라 곧바로 대답할 수 없습니다만, 출연하고 싶다고 생각합니다."

라는 답장을 해둔 후에는 여러 가지 계약 조건에 관한 이야기로 옮겨 가게 됐습니다. 이시이 선생님에게는 이와 관련된 이야기는 아직 하지 않았습니다. 좀 더 확실하게 계약이 성립된 후에 하자고 생각했습니다. 아직 아무것도

정해진 것이 없는데 말씀을 드리는 것은 아니지 않나, 라는 생각을 했기 때문입니다.

그런데 갑자기 신문에 제가 신코키네마에서 영화를 찍는다는 발표가 났습니다. 신문 기자가 기사를 보고,

"신코키네마에서 영화를 찍는 것이 아닙니까?"

라는 질문을 했을 때, 저는 무엇보다도 먼저 이시이 선생님의 허락을 얻기 전에 이런 문제가 세상에 알려진 것이 두려울 뿐이었습니다.

"그런 이야기는 있습니다. 하지만 아직 확정된 것이 아닙니다. 여러 가지 사정이 있으니 이 발표는 확정될 때까지 기다려 주세요."

저는 기자에게 부탁했습니다. 기자 쪽에서도 2~3일은 기다려 주었지만, 끝까지 기다릴 수 없었던 것인지 결국 출연 계약이 성립되기도 전에 제 영화 출연이 발표되었습니다.

사태가 이렇게 되자 제일 곤란한 것은 저였습니다. 은사인 이시이 선생님을 뵐 면목이 없게 되었기 때문입니다. 제가 제자로서 은사의 허락도 없이 이런 계약을 했다는 것은 확실히 무례의 극치인 행동이었습니다. 다행히 스기야마

히라스케[33] 선생님이 애를 써 주셔서 제가 선생님에게 먼저 솔직하게 이야기하지 못한 이유를 설명할 수 있게 됐고, 선생님도 제 무용 영화 출연을 기뻐해 주셨습니다.

그러나 저는 점점 더 곤란한 상황이 되어 안절부절못하게 됐습니다. 왜냐하면 연구소 다른 부원들을 통제해야 하는 선생님 입장을, 제가 여러 가지 폐를 끼치며 당혹스럽게 만들었다는 생각 때문이었습니다.

그리고 이시이 선생님의 보살핌 아래에서 저도 점점 혼자 설 수 있게 되었고, 스기야마 선생님의 권유도 있고 해서 독립하는 것을 목표로 하게 됐습니다. 이시이 선생님에게는 진심으로 죄송한 일이라고 생각했지만, 저는 '이 기회에 나 자신의 재능을 잘 살리고, 이시이 선생님께 은혜를 갚는 것이 내가 할 수 있는 최선의 길일 것이다.'라고 생각했습니다.

신코키네마에서 다소 큰 금액이 들어왔기 때문에 드디어 피아노도 구입하고 연구소도 마련할 수 있어 오로지 무용에만 집중할 수 있게 됐습니다. 그래서 가을 시즌에 열

---

33) 스기야마 히라스케(杉山平助, 1895~1946). 일본의 문예평론가.

어야 하는 제2회 발표회를 위해 여름의 폭염과 싸우면서 맹연습을 계속했습니다.

이제 홀로서기를 해 보니 여러 가지 의지할 데 없이 불안한 마음으로 보낸 날들이 많아, 이시이 선생님의 은혜가 얼마나 큰 것이었는지 절절하게 깨달았습니다. 제1회 발표회 때 마음가짐은 목숨을 걸고 할 각오가 되어 있었고, 그래도 혹 실패하면 이시이 선생님께 의지하면 된다는 마음이 어딘가에 분명 있었습니다. 하지만 이제는 완전히 저 혼자의 힘으로 해 나가야 하고, 발표회 후에도 이어서 제 무용 하나에 의지해서 앞으로 나아가야 했습니다. 제2회 발표회를 앞에 두고 불안과 초조함에 몰렸던 때에, 제일 먼저 생각나고 매달리고 싶었던 것은 이시이 선생님이었습니다. 떨어져 있어봐야 알게 되는 부모님의 은혜, 저는 이 말을 절실하게 온몸으로 느꼈습니다.

가을 제2회 작품 발표회는 낮과 저녁 두 번 공연됐고 히비야 공회당[34]이 만석이 되어 관객들로 꽉 들어차게 됐습

---

34) 히비야 공회당(日比谷公会堂)은 도쿄도 치요다구 히비야 공원 안에 있는 공회당으로 다목적 집회장 및 공연장 등으로 사용하는 곳이다.

니다. 이어서 곧바로 오사카에서 제1회 공연을 아사히 회관에서 개최하는 것을 시작으로 고베, 오카야마, 구레, 히로시마를 돌며 전국적인 무용 공연을 하며 집중적으로 춤을 추는 한편, 무용 영화 〈반도의 무희〉를 완성했습니다. 저는 온 힘을 다해 오로지 생기 넘치는 무용 생활에 모든 열정을 쏟아부으며 기분 좋으면서도 바쁜 나날들을 보냈습니다.

   그리고 지금, 제3회 작품 발표회 날을 차분한 마음으로 기다리고 있습니다.

나의 무용 방향에 대해서

저는 제가 춤추는 조선무용과 서양무용, 이 두 개의 다른 무용을 힘차게 통일해 보고 싶습니다. 적당한 표현일지 모르겠으나 가능하다면 '무용에서의 오리엔탈리즘'을 발견하고 그 발전을 위해서 노력하고 싶다고 항상 생각하고 있습니다. 가령 그것이 전혀 별개의 전통과 독자성을 갖고 있다고 해도 그것이 제 무용의 양면을 형성하고 있는 이상은 그 양면의 거리를 가능한 한 좁히고 싶습니다. 이것이 현재 제가 가장 중점적으로 생각하는 무용의 방향입니다.

근대무용과 동양의 무용은 색깔과 냄새가 전혀 다릅니다. 예를 들면, 비그만[35]의 무용과 구니 고로[36]의 무용을 통

---

35) 마리 비그만(Mary Wigman, 1886~1973). 독일 신무용계의 선구자.
36) 구니 고로(國五郎). 일본의 가부키 배우.

일된 분야라고 전혀 생각할 수 없으며, 다른 법칙 위에 서 있는 것은 사실입니다. 그럼에도 불구하고 저는 동양인이 춤추는 서양무용에 한해서는 그 거리를 좁히고, 발전해 가는 과정에서 두 개의 다른 무용도 통일될 수 있는 것은 아닐까, 라고 생각할 때도 있습니다.

특히 다른 두 영역의 무용을 저 자신만의 레퍼토리로 엮어 춤을 추는 제게는 더욱더 무용의 통일이 가능한 것이기도 하며 또한 필요한 것은 아닐까 생각합니다. 물론 이 방향은 생각처럼 단순한 것이 아니겠지요. 보다 복잡하고 보다 어려운 것이라고 생각합니다.

현재 많은 사람이 제가 춤추는 조선무용은 서양풍 무용과 전혀 구별되어 관계없는 것처럼 해석하고 있지만, 실제로 저는 조선무용을 근대무용의 기초 위에서 창조한 것이며 〈에헤야 노아라〉, 〈보살춤〉 등의 작품은 비교적 순수한 조선의 수법만 사용하여 구성한 것입니다.

〈검무〉, 〈조선풍 듀엣〉 등의 작품은 어느 정도까지는 근대무용의 수법을 포함하고 있고, 〈세 개의 코리안 멜로디〉 등으로 오면 주로 서양무용의 수법이 사용되었으나 단지 거기에 조선의 색깔과 냄새를 첨가해 보려고 시험 삼아 시도해 본 것입니다.

위에서 언급한 '방향'이라는 것은 반대로, 제 서양풍 무용에서는 가령 그것이 쇼팽이나 드뷔시의 곡에 맞춰 춤추는 경우라고 해도 가능한 동양적인 색깔과 냄새를 가져와 할 수 있는 범위 내에서 동양적 수법도 넣어 볼 수 있는 것은 아닐까, 라고 생각하는 것입니다.

물론 조선무용에서 서양무용으로 접근해 가는 것, 그것과는 반대로 근대무용에서 동양풍 무용으로 접근해 가는 것, 이 두 개의 길은 상당히 위험하며 많은 혼란과 부자연스러움을 초래하기 쉬운 점이 있겠지요. 그러나 어떤 과정에서는 이 두 개의 무용이 힘차게 통일되는 것을 전혀 부정할 수만은 없습니다. 오히려 이러한 통일이 미래에 거대한 가능성을 내포하고 있다고 생각합니다.

일본무용, 조선무용, 태국무용, 스페인무용, 근대무용 모두 각각 전혀 다른 특수성을 갖고 있습니다. 그러나 그것은 고정된 것이 아니고, 어느 단계를 거치면서 현재 하나

의 무용 수법이 동시에 다른 무용 수법이 될 수 있는 여지
는 충분히 있다고 생각합니다.

왜냐하면 근대무용의 수법 위에 성립된 저 자신의 조선
무용을 보다 풍부하면서도 보다 복잡한 것으로 만들어 가
고 싶고, 가능하다면 국제적 수준으로까지 끌어올리고 싶
기 때문입니다. 그리고 무엇보다 조선무용과 근대무용을
힘차게 통일해 가고 싶은 염원이 있습니다.

Ⅱ

유럽과 미국 공연 여행일기

제가 미완성인 저의 레퍼토리를 붙들고 해외로 향한 3년 이라는 시간, 정말 어지러울 정도로 공연 이야기를 계속해 왔습니다. 결코 평탄하지만은 않았던 제 유럽과 미국 무용 공연의 발자취이기도 합니다. 젊은 제가 국제적 호평을 얻게 됐다는 것보다, 15년 가까운 제 무용 생활 속에 가장 격렬했던 '무용에 대한 시련의 기간'이었다고 생각합니다.

제 공연 이야기는 북미·프랑스·벨기에·네덜란드·독일· 브라질·우루과이·아르헨티나·칠레·페루·에콰도르·콜롬비아·코스타리카·멕시코 등을 거치면서 150회가량의 무용 공연을 거듭했으며, 10만 마일 남짓 긴 여행길이 되었습니다. 3년이라는 세월이 길지는 않지만 결코 짧지도 않았습니다.

그동안 나라와 도시가 바뀌더라도 제 일상은 늘 그렇듯

무용수 생활을 반복하는 것뿐입니다. 저는 오로지 배와 기차, 비행기를 타고 극장과 호텔을 왔다 갔다 한 것밖에 없습니다. 춤추는 공연에 쫓겨서인지 일기를 쓰지 않는 저에게, 이 기록은 그저 제 공연 일정을 기록한 수첩 속 메모 중에서 몇 가지 단편적인 추억을 꺼내 본 것에 불과합니다.

파리로

내가 타고 있는 파리호가 르아브르 항에 도착했다. 드디어 마로니에꽃이 피는 예술의 도시 파리에 도착하는 것이다. 르아브르 항구는 안개의 항구가 아닌 흰 눈에 감싸인 일본의 항구 같았다. 신문 기자들과의 인터뷰에서 '무엇을 보고, 무엇을 하고 싶은가'라는 질문을 받았기 때문에 샹드리제 거리 또는 센강을 따라 걷고 싶다고 대답한 것 같다. 그러고 나서 몇 시간 동안 배 안에서 흔들리며 파리에 발을 디딘 것이다. 정말 춥고, 진짜 새하얀 세상이라고 생각했다.

역에는 유럽에서의 매니저인 시프 박사가 신문 기자를 데리고 와 있었다. 저녁놀에 잠긴 파리의 여러 광장과 고풍

프랑스 파리의 그랑 호텔과 오페라 가르니에(Opéra Garnier) 앞에서

스러운 건물을 지나쳐 그랑 불러바드(Grands Boulevards)의 그랑 호텔로 들어왔다. 방 창문 너머로 파리 오페라 극장 건물이 스포트라이트를 받으며 또렷하게 보였다. '여기가 파리구나.'라고 말로 다 표현할 수 없는 감정이 물결쳤다.

　여기서부터 나의 새로운 이야기가 시작되고, 내 유럽 공연의 스타트를 끊게 되는 것이다. 매니저에게 내 유럽 공연의 일정에 관한 내용을 들었다. 1월 30일 살 플레이엘[37]에

---

37) 살 플레이엘(Salle Pleyel). 프랑스 파리 8구에 있는 콘서트홀.

서 데뷔하는 것을 시작으로 올봄 시즌은 프랑스 국내와 벨기에·네덜란드·남부 독일 지역 순으로 공연이 결정되어 있고, 내 시즌은 북부 독일·발칸 각국·영국·이탈리아 순으로 정해졌다고 했다. 저녁 식사를 하러 매니저가 그랑 블러바드 골목에 있는 작은 레스토랑으로 나를 데리고 갔다. 작은 2층 방에 테이블을 사이에 두고 딱 마주앉아 대화를 나누는 광경은, 언제나 보던 어느 프랑스 영화의 한 장면과 똑같았다. 전채 요리도 맛있었고 통닭구이도 별미였다. 크림만 잔뜩 얹어 있는 북미 음식에 질려 있던 탓일지도 모르겠다.

막 도착했는데도 마치 고향에라도 돌아온 것 같은 기분이었다. 왜 그렇게 생각하는지 모르겠지만, 뉴욕에서는 뭘 해도 여행자라고밖에 느낄 수 없었던 내가, 왜 파리에서는 한 걸음 발을 내디디면 고향과 같은 느낌이 드는 걸까? 파리의 마을도 왠지 반갑고, 파리의 사람들도 왠지 정겹다. 여기에 파리의 매력과 비밀이 있을지도 모른다. 많은 외국인 예술가들의 손길이 닿아 이룩된 파리의 예술, 게다가 그것을 크게 품어 성장하게 한 파리의 힘. 어째서 나는 이토록 흥분하는 것인가.

프랑스 파리의 트로카데로 광장 조각상 '청춘(La Jeunesse)' 앞에서

파리에서

오늘 샤이요 국립극장(트로카데로 극장)[38]에서의 공연이 내가 프랑스에서 하는 봄 시즌 마지막 공연이다. 파리에 도착해서 5개월 동안 프랑스·벨기에·독일·네덜란드의 각지에서 40여 회 정도 공연을 하게 된 것이다. 파리도 잘 알게

---

38) 샤이요 국립극장(Théâtre national de Chaillot). 프랑스 파리에서 가장 큰 콘서트홀 중 하나인 국립극장.

됐고 유럽의 음악·무용계도 익숙해진 느낌이었다. 그토록 선망의 마음을 품고 바라보던 세계 무용의 무대에 내 무용을 선보이며 두드러지게 뛰어난 모습을 부각할 수 있었다고 생각한다. 아직은 젊은 내가 국제무대 제일선에서 여한 없이 많은 일을 이루게 되었다고도 생각한다.

늦은 아침 개선문 근처 내 스튜디오를 나와서 트로카데로 극장으로 무대 연습을 갔다. 파리에서 데뷔할 때 무대에 올랐던 살 플레이엘과 네덜란드의 쿠르잘 등은 다소 차가운 느낌이 드는 극장이었지만, 여기는 삼천 명이나 들어

가는 극장인데도 따뜻함이 느껴지는 곳이다.

저 멋진 벽화에 둘러싸인 복도와 전망 그리고 설비라는 것은 오페라 극장보다도 훨씬 훌륭하게 보였다. 유럽에서 가장 좋은 국립극장으로 잘 어울린다고 생각했다. 조명 담당자, 공연의 막을 담당하는 사람, 의상 교환을 담당하는 사람들과 회의를 마치고 밤이 오는 것을 기다렸다. 어째서 이 프랑스의 극장 뒤는, 파리도 그렇고 마르세유라든가 칸이라든가 이토록 가늠할 수 없는 느낌이 들며 시간대로 안 되는 걸까. 남부 독일의 극장 사람들과 네덜란드 극장 사람들같이 시간대로 일 처리하는 것을 떠올려 본다. 2시간 프로그램을 그저 혼자서 춤을 추며 공연한다. 파리의 많은 예술가도 와 있다고 하고, 마티스·피카소·로랑생 등의 화가들도 섞여 있고, 문자 그대로 만석에 성황리였다.

수년 전 아르헨티나[39]와 바로 일주일 전 사카로프[40]만이 춤출 수 있었다고 하는 이 극장에서, 내가 춤춘다고 생각

---

39) 아르헨티나(La Argentina, 1890~1936). 스페인 무용가이며 본명은 안토니아 메르세(Antonia Mercé).
40) 알렉산더 사카로프(Alexander Sakharoff, 1886~1963). 러시아 출신의 남성 무용가이며 안무가.

남프랑스의 칸느 해안에서

하며 감격에 겨운 적이 있다. 내일 밤은 스토코프스키[41]의 음악회 지휘가 이 극장에서 있으므로 스토코프스키가 오늘밤 내 공연을 보러 왔다고 매니저에게 이야기를 들었다. 아쉬웠던 공연을 끝내고 매니저와 팬 친구들과 극장 앞에 있는 작은 카페에 들어갔다. 에펠탑은 극장 앞에 어둠을 드리우고 서 있고, 초여름 파리의 바람은 공연이 끝나 한시름 놓은 내게는 반갑게만 느껴졌다.

카페 거리에 놓인 테이블에 둘러 앉아 내 공연에 왔던 사

---

41) 레오폴드 스토코프스키(Leopold Anthony Stokowski, 1882~1977). 폴란드계 영국 태생으로 미국의 지휘자.

람들이 활발하게 서로 이야기를 나누고 있었다. 춤에 관한 비평인 듯했다. 저 파리 사람들의 꿈과 희망에 차 있는 눈빛을 나는 놓칠 수 없었다. 레모네이드를 마시면서 나는 경성에서 지낸 시간들, 도쿄에서 데뷔 전후의 괴로웠던 시절들, 북미에 오고 나서 처음 데뷔하는 데 어려움이 많았던 순간, 그리고 도쿄에 혼자 남겨 두고 온 내 아이에 관한 것 등을 생각하니 가슴이 뜨거워지는 것을 느꼈다. 지금의 성공에 대한 기쁨이 아니다. 그것은 긴 세월, 고난을 통해 깨달은 감격일 것이다.

내일은 제2회 네덜란드 공연을 하러 떠나야 한다. 방금 하나의 일을 끝냈는데 어째서 나는 곧바로 다음 해야 할 공연을 생각하는가. 파리를 나는 사랑한다, 그리고 파리도 나를 사랑해 준 것에 감사한 마음이다.

그러면 안녕, 파리

전쟁이 나고 벌써 일주일이 지나기도 했다. 피난하면서 신세를 지게 된 샤토드 바느 성(城) 여주인과 피난을 함께

했던 프랑스 부인들과 이별 인사를 나눴다. 파리 정거장에 가기 위해서 40킬로미터의 길을 오로지 작은 차로 흔들리며 갔다. 헤어질 때 바느 성에서 인사를 나눈 부인의 글썽거리는 눈을 떠올리니, 언제 다시 이 사람들과 만날 수 있는 날이 올까 싶었다. 역에는 피난을 떠나는 파리 사람들로 파도를 이루고 있다. 앞다퉈 기차에 몸을 밀어 넣는 사람들. 나는 겨우 손에 든 최소한의 무대용 물건만 가지고, 프랑스 사관의 호의로 겨우 사관 차 자리에 앉게 되었다. 드디어 파리를 떠나는 것이다. 내가 처음 도착한 눈 덮인 파리는 그토록 평화로웠는데. 출정하는 병사들이 몇 명의 가족들과 숙연하게 이별을 고하고 있다. 라-마르세유[42]도 부르고 삼색기도 휘날리며 이 자리에서만이라도 성대하게 보내 주면 좋을 텐데, 왜 이렇게 쓸쓸한 이별이 되는 걸까. 기차는 언제나처럼 기적 소리를 내면서 달려간다.

기차 안에 있는 사람들은 왠지 피곤해 보이는 듯했다. 전쟁터로 가는 것인데, 직장에서 그대로 달려 나온 것 같

---

42) 프랑스의 국가(國歌).

은 병사들이 와인을 마시고 곯아떨어져 있다. 왜 이 사람들은 조용한 것일까. 그렇게 떠드는 것을 좋아하는 프랑스 사람들인데, 이것은 왜 이렇게 말이 없는 무겁고 괴로운 분위기인가. 역사의 큰 파도가 밀려 들어오고 있는 것을 누구보다 잘 느끼고 있는 탓일지도 모르겠다.

창문 밖으로는 끊임없이 스쳐 지나가는 대포와 탱크, 여러 가지 무기를 실은 군용 열차가 큰 기적 소리와 함께 달려간다. 나는 이제부터 어떻게 해야 할 것인가. 열흘이면 갈 수 있을 것 같은 발칸 각국의 공연도 취소되었고, 10월 초순부터 40회 정도의 북부 독일의 공연 계약도 중지할 수밖에 없는 상황이 됐다. 그러나 전쟁은 일어났는데도 정말 일어난 것인지 뭔가 확실하지 않다. 혹은 내일이라도 끝날지 모른다. '그 스페인 무용이 있는 마드리드에라도 가서 전쟁이 진행되는 형편을 보고 기다릴까 아니면 내 아이가 기다리고 있는 도쿄에 이대로 돌아갈까.' 여러 가지 머리에 떠오르는 생각에 골몰해 있다.

사람들은 전쟁에 몰려 있는데 나는 무슨 욕심으로 미련을 떨치지 못하고 있는 것인가. 식당도 없고 그야말로 물건

을 파는 곳도 없다. 보르도[43]에 도착하는 데 무려 20시간이
나 걸린다. 스페인으로 갈 것인가, 아니면 이탈리아로 갈 것
인가. 그도 아니면 도쿄로 돌아갈 것인가. 보르도에 도착한
후에 결정하는 것으로 하자. 기차는 남쪽으로 달려갔다.

뉴욕에서

어제 세인트 제임스 극장에서 제4회 뉴욕 공연도 잘 끝
났다. 각 신문사의 평가도 상당히 좋았다고 매니저에게 들
었다. 뉴욕의 무용제(舞踊祭)만으로 큰 반향을 불러일으킨
것 같다. 마사 그레이엄[44], 마라츠키, 바레, 캬라반 4명과
내가 일주일에 걸쳐 각자 단독 공연을 펼쳤다. 크로이츠베
르크[45]도 초청되었는데, 영국의 브로커 때문에 공연이 중
지되어 유감이다.

---

43) 프랑스 남서부에 있는 항구도시.
44) 마사 그레이엄(Martha Graham, 1894~1991). 미국의 무용가이며 현대
   무용의 개척자 중 한 사람.
45) 하랄드 크로이츠베르크(Harald Kreutzberg, 1902~1968). 독일의 무
   용가.

이탈리아로 갈 예정이었던 내가 보르도에서 게다가 니스로, 그리고 마르세유로, 영국으로, 그리고 대서양을 건너 파나마까지 와서 거기서부터 하바나를 거쳐 상당히 긴 날들을 거치며 뉴욕에 당도했을 때의 일을 생각한다.

오늘밤은 마사 그레이엄의 공연이 있다. 팬 여러분들과 브로드웨이의 작은 레스토랑에 점심을 먹으러 간다. 프랑스 요리의 맛을 잊을 수가 없다. 나도 이제 뉴욕 사람이 된 듯하다. 저 높은 록펠러 센터[46] 건물도, 브로드웨이도 이제 신선미가 없다. 2년 전에 처음으로 뉴욕에 왔을 때, '푸른 눈을 가진 사람이 왜 이리도 많은 것일까'라는 아이 같은 생각을 했었고 차를 마시러 갔을 때도 외국인뿐이어서 왠지 선뜻 들어가기가 어려웠던 때를 떠올린다.

길드 극장의 데뷔 무대에서 영어를 할 수 없어 통역을 사용하며 무대 조명 담당자들과 극장 관계자와의 회의에서 상당히 고생했던 것을 생각하면, 지금 나는 미국을 충분히 알고 있는 것 같은 자만심을 갖게 된다. 하지만 뉴욕이라는 도시는 아무리 오래 있어도 친숙해지지 않는 도시

---

46) 미국 뉴욕 맨해튼 5번가와 6번가 사이에 있는 초고층 건물 등 여러 건물로 구성된 복합 시설.

이다. 파리는 한 걸음만 떼도 고향 같은 느낌이었는데, 여기는 왜 이렇게 다른 것일까. 뉴욕은 신도시이기 때문일까, 아니면 돈의 힘에 압도당했기 때문일까. 누구나 다 뉴욕은 그렇게 느끼는 것 같다. 그러나 워싱턴은 그렇지 않은 것을 생각하면 전통이 매우 짧기 때문이라고 짐작한다.

이번 콜롬비아대학 주최 '무용 세르스' 공연만 끝나면 나는 시카고, 샌프란시스코, 로스엔젤레스, 포틀랜드, 샤토르대학의 서부 공연에 나가야 한다. '콘서트 다니엘'의 쿠에사다 씨와 중남미 계약을 위해 밤새도록 논의한다. 나는 다시 새로운 세상으로 가는 것이다. 쿠에사다 씨의 이야기로는 올해 안에 남미에서 하이페츠[47], 루빈스타인[48], 브라일로프스키[49], 무용에서는 몬테카를로 발레단[50], 거기에 나를 포함 5명의 예술가와 계약을 했다고 말했다. 칠레와 멕

---

47) 야샤 하이페츠(Jascha Heifetz, 1901~1987). 러시아 태생이며 미국으로 귀화한 바이올린 연주자.

48) 아르투르 루빈스타인(Arthur Rubinstein, 1887~1982). 20세기 최고의 연주 해석으로 인정받는 국제적인 피아니스트.

49) 알렉산드르 브라일로프스키(Alexander Brailowsky, 1896~1976). 우크라이나 출신의 프랑스 피아니스트.

50) 발레 뤼스 드 몬테카를로(Ballet Russe de Monte Carlo). 1932년 몬테카를로에 설립된 발레단.

시코 여자는 눈이 검고 아름답다고 말했다.

남미에서

호텔에서 바라볼 수 있는 리우데자네이루는 얼마나 아름다운 항구인가. 남미는 시골이라고 생각했는데 여기는 훌륭한 근대 도시이다. 호텔에는 발레단의 무리와 루빈스타인 등이 나보다 먼저 도착해 있었다. 유럽 전란 때문에 많은 예술가가 모여든 것이리라. 만약 전쟁이 없었다면 나는 지금쯤 유럽의 예스러운 도시에서 춤추고 있을 것이 틀림없었다. 파리의 함락이 임박했다고 한다. 샹젤리제도, 몽파르나스도 어떻게 바뀌었을까. 유럽에서 만난 많은 예술가는 지금 어디로 가 있는 것일까. 내 일정은 모레 시립극장[51]에서 남미 무대 데뷔 후에, 중미 각국에 걸쳐 60회 가량의 공연이 결정되어 있다고 한다.

발레 뤼스[52]는 파리에서 나와 앞뒤로 공연을 했었고, 뉴

---

51) 브라질 리우데자네이루 시립극장(Theatro Municipal do Rio de Janeiro).
52) 발레 뤼스 드 몬테카를로(Ballet Russe de Monte Carlo).

상파울루의 시립극장에서

욕에서도 일주일 후였는데 여기 남미에서 다시 만났다. 세계는 넓은 것 같아도 의외로 좁은 것 같다고 생각했다. 대사관 분들과 매니저에게 초대 받아 코파카바나의 카바레를 보러 간다. 정말 예쁜 야경이다. 지나는 길에 보면 춤을 추며 흥겨워 하는 남녀도 있고, 룰렛에 열중하고 있는 수백의 사람들도 있다. 꼭 내가 남프랑스 공연에 가서 칸과 테스에서 본 그 도박장의 모습과 같았다. 지금 리베라의 환락의 땅은 이미 전쟁의 큰 흐름에 아무것도 남지 않고 사라져 버렸을지도 모른다. 카바레 앞 해안은 아름다운 선을 그리면서 한없이 이어져 있었다.

멕시코에서

국립극장 벨라스 아르테스[53]에서 내 사흘째 공연도 끝이 났다. 내일 나흘째 멕시코 마지막 공연이고 만 3년에 걸친 유럽과 미국 공연 마지막 날이기도 하다. 3년간 고생도 많이 했지만, 또한 여러 가지 보람 있는 일도 해낼 수 있어 기쁘게 생각한다. 지난 3년의 마지막을 장식하는 데 잘 어울리는 공연이다. 극장은 30년에 걸쳐 건설되었다고 하는 훌륭한 곳이다. 파리의 트로카데로 극장과 마찬가지로 세계 유수의 건물일 것이다. 그 장엄한 모습은 멕시코 3대 불가사의의 하나라고 일본 공사관의 해군 무관이 말했다.

전쟁 때문에 유럽의 일부 공연이 취소된 것이 아쉬웠지

---

53) 벨라스 아르테스 궁전(Palacio de Bellas Artes). 멕시코 예술 궁전은 멕시코시티의 저명한 문화 센터이다.

멕시코의 국립극장 '벨라스 아르테스'에서

만 그 대신 중남미에서 60회가량 공연을 하게 되어 미련 없이 일을 끝마칠 수 있게 된 것을 기쁘게 생각한다. 멕시코는 내란이 끊이지 않는 나라라고 한다. 그러나 일본인에 대해서는 상당히 친숙함을 느끼는 모양이다. 내일은 공연이긴 하지만 도쿄에 가지고 갈 선물도 사야 하므로 오늘은 온종일 멕시코 시내를 걷고 있다. 국립 전당포에 와 있는데 여기는 전당포로서는 세계에서 가장 좋을 것이다.

거리를 걷고 있는 사람들은 나보다 훨씬 검은 빛을 띤 피부를 하고 있다. 잉카 민족은 동양에서 왔다고도 하니까 혹 우리와 같은 형제일지도 모른다고 혼자서 멋대로 생각해 봤다. 멕시코 남자들은 거칠지만, 여자들은 정열적으로 보였다. 내일 공연을 끝내면 나는 드디어 도쿄로 돌아갈 수 있다. 예정된 3년도 지나고 보면 빠른 것이다. 기쁜 마음과 함께 왠지 아쉽고 서운한 마음도 든다. 그렇게 생각하며 나는 멕시코 시내를 지금까지는 없었던 애착을 품고 자세하게 바라보면서 걷고 있다. 그것은 3년간 나를 키워준 '세계의 무대'에 대한 이별의 아쉬움에서 비롯된 것이리라.

《부인화보(婦人畵報)》1941년 2월호, 도쿄

북경의 추억

— 북중국 무용 여행일기

1.

나는 일본군 위문[54]과 일반 공연을 위해 약 2개월 동안 북 중국 각 지역으로 분주하게 공연 여행을 계속해 왔다. 내 가 북경에 도착했을 때는 타들어 가는 듯한 모습의 한여름

---

54) 일제 치하의 최승희가 처해 있는 상황을 고려해 보면, 최승희는 일본군 위 문 공연에 반강제적으로 동원된 것으로 보인다. 최승희가 위문 공연을 떠 난 이유는 거부할 수 없는 것이었지만 중국 전통무용에 대한 실체를 파악 하고 싶다는 의지가 강한 것도 사실이었다. 또한 폐망해 가는 일본을 피해 서 도피처를 찾았을 가능성도 있다. 어느 곳에서든 새로운 무용을 배우고 익히려 했던 최승희는 위문 공연을 다니는 틈틈이 중국 전통무용을 접하 게 된다. 원문에는 '황군(皇軍)'으로 되어 있으나 쉽게 이해할 수 있도록 일 본군으로 번역했다. –역주

이었다. 나는 북경반점(北京飯店)[55]의 객실에서 처음으로 보는 북경의 아침을 바라보면서 여러 가지 추억에 잠겨 있다. 130도는 넘을 듯한 뜨거운 태양 아래, 북경의 마을은 조용히 잠들어 있다. 마을에는 거무스름한 중국 가옥과 근대적인 붉은 기와 건물이 셀 수 없이 겹쳐 있고, 많은 성벽과 성문이 그사이를 뚫고 이리저리 뒤섞여 엇갈려 있다. 먼 서남쪽에는 옛날의 영화(榮華)를 이야기하는 듯 천단(天壇)[56]이 보였다. 가로수가 푸른 빛으로 윤기가 흐르는 이 마을은 상당히 유연하고 차분하게 때때로 인력거를 부르는 손님의 목소리가 들려올 뿐 조용했다. 중국 대륙의 흥망 4천 년의 꿈을 품고 있는 듯한 모습의 이 오래된 도시를 앞에 두고, 나는 정확히 3년 전 파리 그랑 호텔의 객실에서 서유럽의 오래된 도시를 처음으로 바라볼 때처럼 말로 표현할 수 없는 애착을 느끼고 있는 것은 왜일까. 그것은 긴 역사와 전통을 가진 오래된 도시가 불러일으키는 독특한 분위기로부터 오는 것일지도 모르겠다.

---

55) 1900년에 개관한 중국 베이징 시내에 있는 5성급 호텔.
56) 중국에서 천자가 하늘에 제사를 지내는 의식을 행하기 위해 만든 제단.

나는 북경에 와서 먼저 중국 예술을 생각하고, 중국 대륙 역사에 피고 진 미녀들, 양귀비와 왕소군[57]을 떠올리고 건륭제의 향비[58]를 생각했다. 내가 유럽과 미국의 공연 여행을 떠날 때까지는 그다지 북경에 와 보고 싶다고 생각하지 않았다. 그러던 것이 귀국해서 반드시 북경에 가 보고 싶게 된 것은, 내가 춤추는 '동양무용'이라는 것을 중국의 관객들이 어떻게 보고 있는지 알고 싶었기 때문이기도 했고, 수천 년의 예술적 전통을 가진 중국의 극과 무용에서 나만의 새로운 무용 '소재'를 찾아보고 싶었기 때문이었다. 그러나 그보다 내가 북경에 대해 참기 어려운 동경을 품게 된 것은 파리에서 만난 작곡가 체레프닌[59]에게서 중국에 관한 이야기를 수없이 들었기 때문일지도 모르겠다. 일본에도 온 적이 있는 이 젊은 작곡가와 어느 날 몽파르나스에서 함께 차를 마시면서 중국의 예술과 음악에 관한 이야기를 나누었다. 그때 자못 북경을 그리워하는 듯

---

57) 양귀비, 서시, 초선과 더불어 중국 4대 미녀 중 한 명이다.
58) 위구르족 출신이며 건륭제에게 많은 사랑을 받은 후궁이다. 정식 명칭은 용비(容妃)이며, 몸에서 향기가 난다고 하여 '향비'로 일컬어졌다.
59) 알렉산더 니콜라이 체레프닌(Alexander Nikolayevich Tcherepnin, 1899~1977). 러시아의 작곡가 겸 피아니스트.

한 그의 얼굴을 떠올려 본다. 그는 몬테카를로 발레 뤼스의 작곡가 스텝 중 한 사람이었는데, 수없이 나에게 러시안 발레에 특별 가입해서 동양을 배경으로 하는 동양 발레를 창작하고, 거기에서 '주역 무용수'로서 춤춰 달라고 권유했었다. 내 승낙을 얻어 그는 발레곡을 작곡했었고 나도 여러 가지 준비했었지만, 독일군의 폴란드 주둔으로 인해 준비했던 발레는 발표하지 못하고 프랑스 남부 보르도로 피난했던 일을 떠올렸다.

그는 북경을 사랑하고 중국의 예술을 사랑했으며 중국인 젊은 아내를 두고 있었다. 그는 지금, 내가 북경의 아침을 바라보면서 몽파르나스에서 함께 이야기를 나눈 '발레'를 생각하고 있다는 것을 알고 있을까. 그 후, 그와 그의 젊은 아내는 어떻게 지내고 있을까, 혹 나를 위해서 작곡 중이던 동양 발레 곡을 완성했을지도 모른다. 나는 북경의 아침을 바라보면서 이처럼 끊이지 않는 생각에 빠져 있었다.

드디어 내일, 제일선에서부터 위문 공연이 시작되기 때문에 ○○부대 본부로 인사를 갔다. 제일선 위문 공연은 처음이라 나는 데뷔 무대처럼 이루 말할 수 없이 가슴이 고동치는 것을 어쩌지 못했다.

2.

나는 일행을 데리고, 제일선 부대에서 제일선 부대로 트럭을 타고 위문 공연을 다녔다. 우리는 항상 불타오르는 듯한 북중국의 평원을 걷고 때로는 산을 넘고 때로는 강을 건너며 걸었다. 한여름 작렬하는 태양의 열기를 그대로 받는 북중국의 평원은 끝없이 드넓게 펼쳐져 있었고, 몽골 바람이 일으킨 누런 흙먼지는 그야말로 큰 형태를 이루어 높이 날아올랐다. 끝없는 평야에서 점점이 중국의 농민과 말이 보였다. 북중국의 마른 평야를 적시기 위해 대지에서 물을 끌어 올리는 모습을 봤을 때는, 유구한 4천 년을 원시 상태에서 살아낸 중국 민족의 놀라운 생활력과 인내심을 깊이 생각하게 됐다. 전 생애를 자신이 사랑하는 토지를 위해 바치고, 아침부터 다음 날 아침까지 한 방울 한 방울 물을 끌어 올리며 스스로 논밭을 가는 사람의 무리, 도시에서 자라고 도시에서 생활해 온 나로서는 큰 감명을 받게 된 모습이었다.

나는 제자와 반주자 그리고 무대 조명 담당자들과 11명의 단원을 데리고 걸었다. 먼 고향을 떠나 조국을 위해, 대동아(大東亞)[60]를 위해, 중국의 오지까지 경비하는 장병을 위문한다는 기쁨으로 가슴이 벅차올랐다. 어느 때는 전기가 없는 작은 가설무대에서 춤을 추고, 어느 때는 무대가 없는 맨땅 위에서도 춤추었다. 도쿄에서 온 내 모습은 미숙한 무용수였지만, 병사들은 누나나 여동생을 만난 것처럼 기뻐했다. 타들어 가는 듯 몹시 더운 날씨였지만 상당히 조용하게 관람했고 내가 무대에서 울 때는 병사들도 훌쩍이며 같이 울었다.

"향토적인 무대를 보니 왠지 고향이 생각났어요."라고 어느 병사가 말했다.

○○부대에서 숙박했을 때 일이다. 중국 가옥을 개조한 건물 옆 초원에 노천탕이 있었고 그 주위에는 다채로운 색깔의 꽃들이 피어 있었으며 밤 벌레들 우는 소리가 고즈넉이 들려왔다. 바람이 강해서 램프 등은 꺼져 있었다. 마

---

60) 일제의 욕망을 표현한 단어이다. 현재는 사용하지 않으나 당시 태평양 전쟁 상황을 짐작할 수 있어 원문 그대로 번역했다. -역주

침 만월이 떠 있는 밤이어서 우리는 달빛을 받으며 노천탕에서 누런 흙먼지를 씻어낼 수 있었는데, 그 일은 평생 잊을 수 없을 것이다. 달빛을 받으며 조용히 가로놓여 있는 이 대지의 밤에, 일본군 용사들의 가슴속에는 어떤 생각들이 있을까. 또 다른 부대에서는

"요즘은 남쪽(동남아시아)에서 전쟁을 치르는 병사들에게 관심이 쏠린 건지, 우리한테는 위문 편지가 잘 안 오네요."

라고 웃으면서 말한 병사를 떠올렸다. 한 장의 엽서라도 좋다, 그것이 얼마나 전선에 있는 일본군 병사를 위로하겠는가, 도쿄로 돌아가면 아무리 바빠도 내가 방문한 병사들에게만이라도 편지를 보내고 싶다고 생각했다. 부대에서 위문 공연 후에 병사들과 중국을 이야기하고, 예술을 이야기하고, 밤이 깊어가는 줄도 모르고 전쟁 이야기를 들었을 때 가슴이 뜨거워진 것은 잊을 수 없다. 지금쯤은 북중국도 가을바람이 불기 시작해, 일본군 병사들의 가슴속에서는 싸우며 진격하는 생각을 누를 길이 없을 것이다.

나는 북경에서 몽강(蒙疆)[61]으로 가는 차 안에서, 어마어마하게 길게 이어져 있는 만리장성의 모습을 보고 인간의 힘이 얼마나 위대한 것인지 새삼 깊이 깨달았다. 진나라 시황제가 건축한 이 만리장성은 건설 당시부터 중국 극 〈곡장성(哭長城)〉에서 전해지고 있는 것처럼 여러 가지 '슬픈 이야기'를 만들어 냈다. 이 만리장성을 둘러싸고 몇 번이나 역사의 흥망이 반복되었으며 셀 수 없이 많은 영웅과 미인들이 피를 흘렸을지, 옛날의 전사(戰士)들과 미인을 떠올리게 되었다. 만리장성은 석양빛에 물들어 있고, 만리장성을 넘어가는 바람의 소리는 정말이지 「명비곡(明妃曲)」[62]에 나오는 왕소군의 슬픈 목소리가 지금 여기로 생생히 전해지는 것 같았다. 한나라 원제 때, 화번공주로서 멀리 흉노 땅에 시집간 미인 왕소군은 스스로 비파를 켜고 〈사귀곡(思歸曲)〉을 부르면서 북쪽으로 가는 길 위에 있었다고 전해지는데, 왕소군이 지나갔던 만리장성의 길은 지금 내가 넘어가고 있는 이

---

61) 내몽골에 있었던 일본의 괴뢰 국가.
62) 명비곡(明妃曲)은 중국 북송의 정치가이면서 시인이고 문필가인 왕안석(王安石, 1021~1086)의 시로, 명비(明妃)는 한나라 원제(元帝) 때의 후궁인 왕소군을 말한다. 왕소군은 흉노와의 친화 정책을 위해 흉노 왕에게 시집을 가게 된다.

길이 아닐까 생각해 본다.

　　임금님이 새벽에 황금 대궐을 열어 보니

　　君王曉開黃金闕

　　수레가 요란한 소리 내며 북쪽 사신 출발하네

　　氈車轔轔北使發

　　명비가 눈물을 머금고 거처하던 궁에서 나오니

　　明妃含淚出椒房

　　봄바람은 마음을 아는 듯 귀밑머리로 불어오네

　　有意春風吹鬢髮

　라고 왕소군의 슬픔을 노래한 시인 안축[63]의 시를 생각하며 위문 공연을 가는 차 안에서 잠시 생각에 잠겼다.

---

63) 안축(安軸, 1287~1348). 고려 말의 문신이며 문인.

3.

　많은 추억을 남긴 전선(戰線) 위문 공연을 마치고, 나는 북경을 시작으로 북중국 주요 도시 각지에서 18회 정도의 일반 공연을 했다. 나로서는 처음으로 중국 관객들 앞에서 공연했기 때문인지, 내가 전에 파리와 뉴욕에서 첫 공연을 했던 때와 같은 느낌의 예술적 흥분을 가라앉힐 수 없었다. 나의 동양무용에 대해 이들 중국 관객들이 강한 관심을 보이고 이해를 해 준 것에 나는 한없이 행복한 마음이었다. 공연 전날 나를 위해 중국 극단의 제1인자들이 동흥루(東興樓)에서 만찬회를 열어주었는데, 김소산(金少山), 이만춘(李萬春), 상소운(尙小雲)[64], 해소백(奚嘯伯) 씨 등의 남자 배우, 거기에 오소추(吳素秋), 이옥여(李玉茹), 양소앵(梁小鶯), 황옥화(黃玉華) 양 등의 여배우를 시작으로 중국을 대표하는

---

64) 샹사오윈(尙小雲, 1900~1976). 청옌추(程硯秋, 정연추)·쉰후이성(荀慧生, 순혜생)·메이란팡(梅蘭芳, 매란방)과 함께 중국 경극 배우 4대 명단(名旦)으로 손꼽힌다.

예술가와 문화인들이 모였다.(마침 매란방(梅蘭芳)[65] 씨가 북경에 없어 참석할 수 없었다.)

나는 이 이웃 나라의 예술가들과 무용을 이야기하고, 중국 극을 이야기하고, 일·중 예술가의 제휴를 이야기했다. 그리고 같은 동양 예술가로서 유럽과 미국의 예술보다 뛰어나면서도 새로운 동양 예술을 만들어 가고 싶다고 서로 맹세하는 인상 깊은 저녁 시간을 보낼 수 있었다.

지금까지 너무 보수적으로 보인 중국의 예술가들, 이들 스스로 이처럼 역사적이고 위대한 흐름을 자신들이 생각하는 예술 창조에 대한 방향성과 연결 짓고 싶어 했다. 또한 전에 없이 일·중의 예술 교류에 관심을 표현했다.

이만춘 씨는 양복을 입고 있었지만 다른 사람들은 모두 중국 복색이었고, 요염하고 아리따운 여배우들 모습이 꼭 중국의 옛 미인의 면모를 떠올리게 했다.

나는 매일 이어지는 공연으로 어쩔 수 없이 내 공연이

---

65) 메이란팡(梅蘭芳, 1894~1961). 청나라 말기부터 중화민국, 중화인민공화국에 걸쳐 활동한 가장 대표적이고 유명한 경극 배우이며, 영화 〈패왕별희 (覇王別姬)〉의 실제 모델이기도 하다.

모두 끝난 후에야 춤으로 녹초가 된 몸을 이끌고 중국 극을 보러 다녔다. 중국에서 무용이 하나의 독립된 예술 부문으로 확립되지 못하고, 극과 곤곡(崑曲)[66]의 일부로서 겨우 보존되고 있는 것은 안타까운 일이라고 생각했다. 수천 년의 예술적 전통을 가진 중국에서 독립된 예술 부문으로서 중국 무용을 창조할 수 없는 것은 왜 그런 것일까. 사라지고 묻힌 무용 재료에서 '오래된 것을 새롭게, 약한 것을 강하게, 사라진 것을 되살아나게'라는 새로운 중국 무용 예술을 구축해 갈 수 있을까. 역사는 오늘의 중국 예술계에 '새로운 천재'를 필요로 하는 것은 아닐까.

이만춘 씨에게 초대받아 그의 배우 학교 명춘사(鳴春社)에서 연습하는 장면을 참관했다. 2백여 명 남짓의 소년들이 최저 수준의 합숙 생활을 하면서, 연습장이라고 하기보다도 맨땅바닥 광장에서 공중제비를 넘으며 맹연습을 했다. 이 모습을 보고, 앞으로 중국 예술계를 짊어지고 갈 많은 천재가 여기 무명의 소년들 중에서 등장할 것을 생각하

---

66) 16세기 말부터 성행한 중국 고전극 양식의 하나로 경극보다 앞서 발달한 중국의 전통극.

니 마음속 깊이 사무치는 느낌에 감격스러웠다.

나는 바쁜 공연 중에 반드시 동양무용의 신작 소재를 찾고 싶다는 생각으로 극과 곤곡, 영화 및 연극 등을 보러 다녔다. 그리고 중국 의상과 관련된 참고서와 음악, 그리고 중국 시문에 나오는 서시, 왕소군, 양귀비, 향비 등의 문헌을 연구하면서 중국 여성의 예술화된 여러 가지 전형을 발견하려고 노력했다.

이 소재의 근간으로서 나는 〈왕소군 출새(王昭君出塞)의 시〉(왕소군이 궁에서 나올 때의 시)와 〈화청궁에서의 양귀비 염무지도(艶舞之圖)〉(화청궁에서 양귀비가 요염하게 춤을 추는 그림), 〈절개가 굳은 여인 향비〉,[67] 이 세 명의 중국 비극의 주인공을 무대화해서 일본 사람들에게 내 중국풍의 새로운 무용을 시험 삼아 소개해 보고 싶다고 생각했다.

향비는 지금으로부터 200여 년 전 청조의 건륭제 시대, 신장 위구르와 티베트에서 맹위를 떨친 회교족(이슬람교) 쇼와탁휘지잔(霍集占)의 아내였다. 쇼와탁휘지잔이 전쟁에서

---

67) 〈왕소군 출새(王昭君出塞)의 시〉와 〈화청궁에서의 양귀비 염무지도(艶舞之圖)〉, 〈절개가 굳은 여인 향비〉 모두 최승희가 중국 미인을 소재로 창작한 무용극이다.

패하면서 향비는 청의 깊은 궁으로 잡혀 오게 된 몸이 되었다. 건륭제에게 사랑받게 되지만, 청 황제의 존엄도 백관과 천 명의 궁녀의 애절한 권유도 뿌리치고 "국파군망, 정원일사(國破君亡, 情願一死, 나라가 망하고 남편이 죽었으니, 진심으로 죽음을 바랄 뿐이다)"라고 말하며 늠름하게 죽은 남편의 뒤를 따랐다. '뜻을 굽히지 않고 죽은 절개가 굳은 여인(殉節貞婦)'으로 전해지고 있다.[68]

이렇게 두 달 동안의 나의 북중국 여행은 내 동양무용에 새로운 모티브와 재료를 얻을 수 있게 했고 나에게 많은 추억을 만들어 주기도 했다.

《신여원(新女苑)》 1943년 1월호, 도쿄

---

68) 용비(향비)는 건륭 53년(1788년) 병으로 55세의 나이에 사망했다. 건륭 25년(1760년)에 '화귀인'에 봉했다는 기록이 있어 용비는 1760년 전에 입궁했음을 알 수 있다. 1788년 사망 때까지 후궁 봉작인 '화귀인'을 거쳐 '용빈' 그리고 마지막 작위가 '용비(容妃)'의 지위에까지 오른 역사 기록이 있는 것으로 보아, 이 부분은 최승희의 고증 오류로 보인다. -역주

날아올라,
최승희

권상혁(소설가)

1995년 8월 15일, 당시 고등학교 1학년이었던 나는 최승희 선생님을 '광복절 특집 드라마'로 처음 만났다. 최승희 역을 맡은 여배우가 눈이 부신 보석으로 치장한 무대복을 반은 입고 반은 벗은 모습으로, 요염하면서도 매력적인 미소를 짓고 있던 것을 기억하고 있다. 그 자태가 마치 보살의 모습 같기도 하고 여신의 모습 같기도 했다. 식민지 조선에 저런 화려한 무용수가 있었나 싶었고, '최승희 무용가'가 무척 궁금해졌다.

그해 여름, 드라마의 인상적인 모습에 이끌려 최승희 선생님을 책으로 다시 만났다. 공교롭게도 1995년 8월에

『춤추는 최승희』(정병호, 뿌리깊은나무, 1995)라는 책이 출간되었다. 고등학교 근처에 있던 구립 도서관에서 책을 빌렸다. 하얀 바탕의 책 표지 전면에 이국적으로 생긴 최승희 선생님의 눈빛이 반짝 빛나고 있었다. 1930년대 찍은 사진인데도 세련미가 넘쳤고 짧은 단발머리가 인상적이었다. 책을 다 읽고 '우리나라에 이런 예술가가 있었구나.' 하며 어린 마음에 신기해했다. 내가 '무용'이라는 예술 분야를 처음 접하며 관심을 두게 된 순간이기도 했다.

그로부터 27년 뒤인 2022년, 출판사로부터 번역 제안을 받았다. 최승희 선생님이 일본어로 쓴 자서전이 있다는 것도, 최승희 선생님의 자서전이 지금까지 번역되지 않은 사실도 놀라운 일이었다. 사료적 가치가 있는 자료를 무용에 대한 전공 지식이 없는 내가 번역을 맡아도 되나 걱정이 됐지만, 1995년 8월의 기억이 나를 이끌었고 번역을 결심했다.

최승희 선생님은 무용에 열중하느라 글 쓸 시간이 없을 거라고 생각했는데 자서전을 남겼다는 사실에 감사한 마음이 들었다. 자서전이 출판된 것은 1936년이고 그때 최승희 선생님의 나이는 스물다섯 살이었다. 처음에는 스물다섯 살에 무슨 자서전을 쓰나 생각했으나, 최승희 선생님이 무용가로서 역경의 시대를 살아온 순간들과 스물다섯 살에 예술가로 이룬 업적을 기록으로 남겼다는 것은 현대 무용계 측면은 물론이고 사료적 측면에서 가치가 있다는 것을 번역하며 깨달았다. 또한 최승희 선생님이 자서전을 쓸 수밖에 없었던 당위성도 알게 됐다.

번역의 절반은 한국에서, 나머지 절반은 일본에 있으면서 했다. 지금으로부터 약 90년 전에 일본어로 쓴 내용이기 때문에 현재 사용하지 않는 한자나 글자, 단어나 표현법 등이 많아 번역에 어려움이 많았다. 번역하면서 나 스스로 부족함을 많이 깨닫고 반성하는 계기가 됐고 무엇보다 큰 공부가 됐다. 최승희 선생님의 첫인상에 매료된 기억으로 겁도 없이 덜컥 번역을 수락하고 첫 장, 첫 문장을 앞에 두고 읽고 또 읽으며 땀을 흘렸던 기억이 난다. '내가 왜 이 책을 번역하겠다고 했을까.', '현대 일본어라면 몰라도 90년 전에 사용한 일본어로 쓴 책이라는 것을 왜 생각하지 못했을까.' 싶었다. 번역하는 데 시간이 많이 들어 애를 먹었으나 모르는 것은 자료와 사전을 찾고 일본인 지인들에게 두루 물어 해결해갔다.

일본어가 능통하면서 무용을 전공한 분이 번역했다면 최승희 선생님이 자서전에서 드러내고자 했던 무용에 대한 예술적 깊이를 좀 더 촘촘하게 번역할 수 있지 않았을까, 그랬다면 지하에 계신 최승희 선생님이 흡족해하지 않았을까 생각한 적도 있었다. 번역을 하며 나는 불안하고 초조해질 때가 많았고 최승희 선생님이 자서전에 쓴 내용과 의도를 정확하게 한국어로 표현하고 있는지 고심하는 날이 많았다.

'최승희 자서전'을 최초로 번역한다는 기쁨도 컸지만, 무엇보다 예술가가 지녀야 할 정신과 마음가짐, 자세에 대해서 크게 공감하고 배우게 됐다. 분야는 다르지만, 예술가라는 선상에서 본다면 최승희 선생님이 지닌 예술적 투혼 정신은 소설을 쓰고 있는 내게 더욱 큰 자극이 되고 힘이 되었다. 자서전의 다음과 같은 구절에서는 최승희 선생님 목소리가 내 귓전에 들리는 듯해서 가슴이 서늘해졌다.

최승희 선생님의 오빠가 최승희 선생님을 격려하기 위해 한 말이나, 최승희 선생님은 어려운 시기마다 이 말을 곱씹으며 마음을 다잡았다.

그런 약한 마음으로 뭘 어쩌겠다는 것인가. 너는 예술가다. 신성한 예술을 위해서 끝까지 싸워 보겠다고 한 것은 바로 너 자신 아닌가.

분명 아무 소리도 들리지 않는데, 최승희 선생님이 엄한 목소리로 나를 꾸짖고 있는 듯한 착각이 들어서 나는 잠깐 어깨를 움츠리기까지 했다. 최승희 선생님 같은 마음으로 내가 소설에 집중하며 글을 쓰고 있는지 되돌아보게 됐기 때문이다.

자서전 어디에도 조선의 독립을 염원한다는 말은 없다. 일본에서 한국으로 돌아와 무용 연구소를 운영했을 때와 스승인 이시이 선생에게서 떨어져 홀로 서는 내용의 소제목으로 '독립'이 두 번 나올 뿐이다. 하지만 나는 이 '독립'이라는 단어가 단순히 스승으로부터 독립한다는 의미만을 내포하고 있는 것인지 잠시 생각했다. 조선의 독립에 관한 내용은 아니지만, 일제 치하의 식민지 조선에서 자서전 소제목으로 '독립'이 두 번씩이나 반복 등장하는 것은 분명 예사로운 일은 아니기 때문이다.

감히 짐작건대, 그렇게라도 식민지 조선이 아닌 자유로운 조선, 독립된 조선을 꿈꾼 것은 아니었을까. 억압받는 조선 땅이 아니라 자유롭고 평화로운 조선 땅에서 춤을 추고 싶지 않았을까. 춤을 추다 쓰러지고 다시 일어나 춤을 추더라도 혹 그 춤판에서 쓰러져 눈을 감는다 해도 말이다. 내 나라, 내 땅에서 마음껏 날아오르며 춤을 추고 싶다는 꿈과 희망 그리고 목표가 글로 표현되지 않았으나 자서전 곳곳에 감춰져 있는 건 아니었는지, 번역자로서 상상해 본다.

나는 조선에서 태어났다. 내가 아는 한 조선에서 누구 하나도 무용에 뜻을 둔 사람이 없다. 따라서 나는 조선을 대표해서, 내 조국의 전통과 풍물이 가진 미를 제대로 잘 살려 현대에 새로운 예술을 창조해 보자. 그렇게 해야 한다. 나에게는 이것을 이루어야 하는 사명이 있다. 나는 큰 사명을 갖고 태어난 것이다.

번역을 또 다른 창작으로 본다면 이 책은 새로운 책이다. 이 책을 통해 세계적으로 유명한 무용가들과 어깨를 나란히 하며 국제무대에서 공연한 조선의 무용가 최승희가 있었고, 그녀가 꿈꾸는 현대무용의 세계와 예술의 세계가 지금도 면면히 이어져 오고 있으며, 최승희 선생님이 무용으로 이루고자 하는 미래가 독자들에게 전달된다면 번역자로 더 바랄 것이 없겠다. 더불어 부족한 번역이나 앞으로 이 책이 최승희 선생님의 삶과 무용을 연구하는 데 기초 자료로 사용되기를 바라며, 이를 계기로 '최승희 연구'가 더욱 활발해지기를 진심으로 기대한다.

번역에 도움을 주신 호세이대학교 이누이 히로시 교수님에게 감사한 마음을 전한다. 교수님이 아니었다면 번역을 끝까지 마치지 못했을 것이다. 일본어에 대한 조언뿐만 아니라, 100년 전 일본 시대 상황에 관한 다양한 정보도 말씀해 주신 덕분에 많은 오류를 수정 보완할 수 있었다. 언어와 예술에 대한 교수님의 깊은 애정과 관심에 존경과 감사의 말씀을 드린다.

또한 편집을 함께한 김태형 선생님께도 감사 말씀을 드린다. 최승희 선생님의 에세이를 쓰신 만큼 내용의 사실 관계를 확인하는 데 있어 김태형 선생님의 조언이 큰 도움이 됐을 뿐만 아니라, 선생님의 말씀들이 번역자인 나에게 따뜻한 위로와 힘이 되었다.

끝으로 자서전 마지막 부분에 최승희 선생님이 남긴 말이, 식민지 조선의 상황에서 생각한다면 의미심장한 뜻을 내포하고 있지 않을까 싶고 또한 나뿐만 아니라 지금 여기를 살고 있는 예술가들에게 조용한 울림이 있을 듯해 마무리하는 말로 대신하고자 한다.

"오래된 것을 새롭게, 약한 것을 강하게, 사라진 것을 되살아나게."

지은이 **최승희**(崔承喜)

1911년 11월 24일 경성에서 해주 최씨 집안의 막내딸로 태어났다. 아버지 최준현(崔濬鉉)의 집안은 정승 판서가 나온 명문가로 알려져 있다. 두 학년이나 월반을 할 정도로 성적이 뛰어났다. 숙명여자고등보통학교를 일찍 졸업한 후 이시이 바쿠 무용단에 연구생으로 입단했다. 3년 동안의 과정을 마치고 경성으로 돌아와 활동하던 중 문사로 이름을 날리며 당대 지식인들과 교류가 잦았던 안막과 결혼했다. 다시 이시이 바쿠의 문하로 들어가서 1934년 첫 단독 공연을 개최하며 당대 최고의 무용가로 명성을 얻었다. 1937년부터 1940년까지 150회가 넘는 세계 순회공연을 마치고 돌아와 '반도의 무희'에서 일약 '세계의 무희'로 불리기 시작했다. 해방이 되자 남편을 따라 북으로 건너가 '최승희무용연구소'를 열고 민족무용 연구와 제자 양성에 주력했다. 이후 남편 안막은 노동당을 위협하는 '반당종파분자'로 숙청되었고, 최승희 역시 명확한 기록이 남지 않은 채 숙청되었다는 소문만 남았다. 2003년 완전 복권되어 애국열사릉에 묘비가 세워졌다. 1969년 8월 8일 서거.

옮긴이 **권상혁**

1980년 서울에서 출생했다. 고려대학교 국어국문학과 졸업 및 동 대학원 국어교육학과 박사 과정 수료. 2015년 《문학사상》 신인문학상에 단편소설 「황혼시장」이 당선되어 작품 활동을 시작했다. 2018년 아르코문학창작기금을 수혜했으며, 소설집 『너를 생각해』 『제주』가 있다.

한국의 아름다운 문장 3

崔承喜, 나의 자서전
최승희 지음 권상혁 옮김

초판 1쇄 발행 2023년 8월 14일

지은이	최승희
옮긴이	권상혁
펴낸곳	청색종이
펴낸이	김태형
인쇄	범선문화인쇄
등록	2015년 4월 23일 제374-2015-000043호
주소	서울시 영등포구 문래동2가 14-15
전화	010-4327-3810
팩스	02-6280-5813
이메일	bluepaperk@gmail.com
홈페이지	bluepaperk.com

ⓒ 최승희, 2023

ISBN 979-11-89176-93-8 03810

값 17,000원

최승희(崔承喜)

1911년 11월 24일 경성에서 해주 최씨 집안의 막내딸로 태어났다. 아버지 최준현(崔濬鉉)의 집안은 정승 판서가 나온 명문가로 알려져 있다. 두 학년이나 월반을 할 정도로 성적이 뛰어났다. 숙명여자고등보통학교를 일찍 졸업한 후 이시이 바쿠 무용단에 연구생으로 입단했다. 3년 동안의 과정을 마치고 경성으로 돌아와 활동하던 중 문사로 이름을 날리며 당대 지식인들과 교류가 잦았던 안막과 결혼했다. 다시 이시이 바쿠의 문하로 들어가서 1934년 첫 단독 공연을 개최하며 당대 최고의 무용가로 명성을 얻었다. 1937년부터 1940년까지 150회가 넘는 세계 순회공연을 마치고 돌아와 '반도의 무희'에서 일약 '세계의 무희'로 불리기 시작했다. 해방이 되자 남편을 따라 북으로 건너가 '최승희무용연구소'를 열고 민족무용 연구와 제자 양성에 주력했다. 이후 남편 안막은 노동당을 위협하는 '반당 종파분자'로 숙청되었고, 최승희 역시 명확한 기록이 남지 않은 채 숙청되었다는 소문만 남았다. 2003년 완전 복권되어 애국열사릉에 묘비가 세워졌다. 1969년 8월 8일 서거.